KB024593

起山 최영종 제7수필집

흑백불분

黑白不分

한누리미디어

국립중앙도서관 출판시도서목록(CIP)

흑백불분 : 제7수필집 / 최영종 지음. -- 서울 : 한누리미디어, 2012
p. ; cm

한자표제 : 黑白不分
ISBN 978-89-7969-432-1 03810 : ₩13000

한국 현대 수필[韓國現代隨筆]

814.7-KDC5
895.745-DDC21 CIP2012004790

원고뭉치 보면 도지는 버릇

이 책《흑백불분》(黑白不分)은 저자가 상재(上梓)하는 일곱 번째의 저서(著書)이다.

돌아보면 등단이란 관문을 거쳐 본격적인 글쓰기 대열에 뛰어든 지도 반세기가 가까워 온다. 나이테가 늘어나는 만큼 세월의 때가 묻은 글이 있어야 하는데 쓰고 나면 한쪽이 빈 듯하여 글의 무게가 느껴지지 않아 아쉬움이 남는다.

그저 그런 대로 추려 보면 깜냥에는 다양하고 화려하다고나 할지. 1974년『한국문학』에 수필을 발표하며 문단의 문을 두드린 뒤로 서사(敍事)에 서정(抒情)이 깃든 4권의 수필집에, 얻어 듣고 보아온 주변 세사(世事)를 엮은 항일(抗日) 다큐멘터리와 징용(徵用)에 관련한 실화 소설 2권에, 재가불자(在家佛子)로서 불교의 오묘한 교리에 얽힌 세속사(世俗事)를 비추어본 불교수필집도 선보였다. 뿐더러 어릴 때 건너간 일본 땅에서 가라데(空手)로 세계를 제패한 넷째 형(최영의)의 실화 2권을 한글로 옮겼고, 100만부 이상 판매된 일본 아나운서 구로야나기 데스코(黑柳徹子)의 순정소녀소설《창가의 돗도짱》(1981년간, 1997년에는 한누리미디어에서 《전차교실》로 재출간) 1권도 번역 출간했으며, 그동안 40년 가까이 일해 온 일터와는 무관한 사진 ABC에도 손대어 많은 자료에 현업 종사자나 대가들을 만나 그들의 증언을 바탕으로 '포토 에세이' 도 2권을 남겼다.

한 마디로 겁 없이 이것저것을 섭렵했으나 아직껏 꼭 집어 올릴 만큼의 수작(秀作), 불후의 글 한 편 발표 못한 열등생임을 자인(自認)한다. 그러면서도 욕심은 있다. 적게는 수백 자에서 많게는 수백만 자에 이르는 사상(事象)이나 소설을 불과 몇 십 자로 응축시킨 시(詩) 쪽에도 발을 넣어보고 싶었으나 석두(石頭) 탓인지 시상도 메타포(Metaphor)도 잡히지 않아 마음만 손끝을 흔들어대며 살아 왔다.

잘 알지만 메타포란 어떤 말을 전화(轉化)시켜 동등한 사물이나 정황을 뜻하거나 은근히 표현해 내는 것이기에 나의 굳어진 두뇌로는 말랑말랑하거나 물컹물컹하거나 극한(極寒)의 오로라를 연상케 하는 극한상황을 은유(隱喩)나 암유(暗喩)로 전화시켜 그것과 같은 특징이나 개념을 불러 내지 못하고 언어를 축약하는 기예(技藝)도 없이 허욕만 발동했었다. 시 한 편 제대로 못 쓴 현실이라는 말이다.

얼핏 수필은 붓 따라 가는 대로 적는 인생역정(人生歷程)이라 말들하나 삶 속에 희로애락이 점철된 인생살이에 잠시나마 정신의 청량제가 되기를 바라는 마음에서 쓰려고 다짐하고 있다.

이른바 깊이 체험한 진리를 간결하고 압축된 형식으로 표현한 짧은 글인 '아포리즘(Aphorism)' 수필을 쓰려고 다짐하기도 하나 이 아포리즘의 정의를 말하면 그리스어로부터 만들어진 말로서 금언(金

言), 격언(格言), 잠언(箴言), 경구(警句) 등을 말하니 '짧고 간결하게 정리된 인생살이의 지침' 인 것이다. 하긴 내가 이제껏 써온 수필들이 독자들에게서 공명(共鳴) 받는 글이었는지도 모른다.

다만 글을 쓸 때는 나 아닌 제3자의 입장이 되어 역지사지(易地思之) 해 보려고 내 딴에는 심신을 혹사시키고 있으나 이 수필집《흑백불분》역시 시정(市井)에 나가면 얼마나 많은 독자들에게서 사랑을 받을까 하는 조바심이 드는 것도 사실이다. '제 자식 미워하는 부모는 없다' 는 말처럼 이 책이 독자들의 테이블 위에서, 잠자리 곁에서, 기차나 항공기 속에서 내 꿈을 펼쳐 주었으면 하는 바람 때문이리라.

'예쁜 공주라야 씩씩한 기사(騎士)를 고를 수 있는 법' 이란 잠언을 알면서도 문력(文力)이 달려 독자를 끌어당기는 인력(引力)이 부족함을 한탄하면서도 빛바래진 채 쌓여진 원고 뭉치를 보면 버릇이 되어 싸들고 곧잘 출판사로 달려간다. 알맹이의 진가(眞價)는 따져보지도 않은 채.

이 버릇 덕으로 이번에도 용인시의 지원과 한누리미디어 김재엽 사장의 덕으로 아담하게 꾸미게 되어 감사한 마음 금치 못한다.

끝으로 그리스의 의성(醫聖) 히포크라테스의 '인생은 짧고 예술은 길다' 는 말을 되새겨 보며, "나는 갔으나 내 글은 길이 만인으로부터 사랑 받기를……" 로 고쳐 써 본다. 명문(名文)이어야 한다는 조건을 모르는 것은 아니지만.

2012. 9. 27

著者 識

차례 Contents

머리말 삼아/ 원고뭉치 보면 도지는 버릇 · 7

1부_마른갈이의 푸념

목소리 좀 올리세요 ······ 16
백중과 호미씻기 ······ 21
구멍 빠져 나오기 ······ 26
측간잡화(厠間雜話) ······ 33
전흔(戰痕), 치욕(恥辱)의 강화도 ······ 40
암중(暗中) 트래킹 ······ 48
노(老) 박사님의 집념(執念) ······ 54
껌 자국 세기 ······ 59
늦게 안 부정(父情) ······ 64
마른갈이의 푸념 ······ 68

2부_두 아버지의 명령

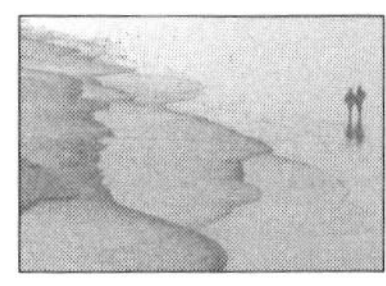

'멜팅 팟' 민족 예찬(禮讚) ……………… 74
두 아버지의 명령 ……………………… 80
소복(素服)한 여학생의 두 마디 ……… 85
쇄서(曬書)와 우란분(盂蘭盆) ………… 91
구리광산과 몰몬교 …………………… 96
그곳의 그 코스모스 …………………… 103
'아마겟돈' 의 후일담(後日譚) ……… 108
여름방학의 추억 ……………………… 114
처인성(處仁城)과 법륜사 …………… 119
흑백불분(黑白不分) …………………… 125

차례 Contents

3부_사이시옷 시비

허락 못받은 상견(相見) ………………… 130

짠돌이와 방뇨(放尿) 소동 …………… 135

진혼(鎭魂)의 노래 ……………………… 140

지푸라기의 일생 ………………………… 146

브롱크스의 거울 ………………………… 151

버림받은 단기(檀紀) …………………… 158

사이시옷 시비(是非) …………………… 162

다락 밑의 물항아리 ……………………… 167

소심증(小心症) …………………………… 172

소나무들의 수난(受難) ………………… 176

4부_ 외래어 횡포

마지막 전설 ································ 182
절름발이 올림픽 ···························· 186
잊혀졌던 선물 '다트' ······················ 191
종점인생예찬(終點人生禮讚)············ 195
진정(眞情)한 사죄(謝罪)·················· 200
외래어 횡포(橫暴) ·························· 205
쓸개 빠진 놈들 ····························· 211
K교수의 강한 지론(持論) ··············· 214
눈을 쓸어 내리는 사람들 ················ 219
푸드 마일리지와 정크 푸드 ············ 224

1부

마른갈이의 푸념

목소리 좀 올리세요
백중과 호미씻기
구멍 빠져 나오기
측간잡화(厠間雜話)
전흔(戰痕), 치욕(恥辱)의 강화도
암중(暗中) 트래킹
노(老) 박사님의 집념(執念)
껌 자국 세기
늦게 안 부정(父情)
마른갈이의 푸념

목소리 좀 올리세요

"아저씨, 죄송한 말씀이나 전화 받으실 땐 목소리를 조금 높여 주세요. 그래야 전화 건 사람의 마음이 훨씬 부드러워 부담이 안 갑니다."

지난 어느 날이던가 집에 남아 있다가 받은 조카뻘 되는 여인에게서 걸려온 전화다. 전화를 끊은 뒤 약속을 하고 시내 ××집에서 점심을 사면서 부담(?) 간다는 수수께끼를 풀었다.

"지난 번 전화에서 말한 부담이란 뭐지?……."

"전화 받는 소리(음조)가 낮아 묵직하면 상대방에게 호감을 못 줘요. 마치 권위의식이 뼈에 박혀 거드름을 피우는 듯이 들리거든요. 아니면 원로(元老)나 연장자랍시고 아랫사람을 대하듯 마치 옛날 장죽(長竹) 물고 거드름도 피우던 참봉 영감 목소리로 들려 몹시 불쾌하거든요. 아니꼬워도 들어야 하는 아래 천한 것들처럼……. 예를 들면 아저씨에게 전화가 걸려 왔을 때 수화기를 들고 '여보세요' 하고 낮은 목소리로 천천히 대답하는 것과 조금은 빠르고 경쾌한 목소리로 톤(tone)을 높여 '여보세요' 하고 응답하는 것과는 상대방에게 주는 심리적 영향이 다르단 말씀이에요. 당장 이 자리에서 해 보셔도 그 차이는 느껴지실 거예요. 나이 드신 아저씨에게 버릇없이 굴어서 죄송합니다. 귀여운 애들의 어리광쯤으로 접어두시고요."

조카뻘 되는 여인은 조심스러워 하면서도 목소리 톤의 마력(魔力)을 길게 설명해 주었다.

그녀는 시쳇말로 지금 한창 잘 나가는 비즈 걸로서 명랑한 성격의 소유자다. 일상에서 대인관계도 원만해서 넘버원 베테랑 재원(才媛)이고 한국의 ××업계를 주무르다시피 하는 여걸로 저자와는 질녀 사이이다. 현격한 나이 차가 있어 평소에도 대하기를 무척 어려워하면서 조신(操身)하는 편이다.

"그랬었나. 누구도 이런 것 말해 주지 않아 지금까지 생각 없이 살아 왔으나 이제부터라도 고치도록 노력해야 할 것이군. 고마워, 이젠 나이테가 무척 두꺼워지니 ××계 쪽에서도, ××회사에서도 회장 소리에 ××× 모임에 가면 상석으로 모심을 받는 원로대접을 받아서 그런지 이젠 행동도 느려지고 목소리도 노장의 소리가 나와 전화 건 상대방에게 별로 호감을 못 주고 있었군. 정말 귀에 달갑지 않은 이런 충언(衷言) 잘 기억하면서 전화 받을 땐 지키도록 노력할 거야."

나는 응답을 이리 저리 꿰어 맞추느라 진땀을 뺐다. 대답 속의 진실성 여부는 제쳐두고라도 하나의 명심조항이 생긴 셈이다.

이 글 쓰면서도 벽에 대고 그녀 말대로 혼자 톤을 올렸다 내렸다 해 본다. 금세기 들어 영상통화가 개발되었다지만 종래의 전화기로는 상대방의 얼굴을 보지 못하고 통화하기에 마주보고 하는 대화와는 톤이 다름이 사실이다. 우리의 선인들은 삼조(三曹) 육판(六判)의 반열(班列)에만 오르면 나이 따짐 없이 목소리에 힘을 잔뜩 실어 영감으로 처세하려 했으니 이 영감들 목소리도 필자처럼 정감이 담길 수 없어 사람에게 환영 받을 매력은 없었을 것이다. 이래서 벌어진 반상(班常)의 벽은 항상 멀리 있고 불러야만 가까워졌다고 실학파들의 사기(私記)는 적고 있다.

톤을 올리고 빨리 하는 것만이 능사(能事)일까, 하고 목소리 학(學)을 여기 저기 뒤져 많이 알아보았다.

굵직한 남성의 저음은 부드러운 듯하나 자칫하면 느끼하고 거만스럽게 들린다. 톡톡 튀는 여성의 고음은 신선한 것 같지만 계속 들으면 짜증이 난다. 감정이 전혀 섞이지 않은 목소리는 무게감은 나갈지 모르나 냉정, 무관심이 느껴진다. 지나치게 가는 남성의 목소리는 가볍고 신뢰감보다 간사스러움이 느껴지고, 지나치게 굵직한 여성의 목소리는 상대를 경계하는 느낌에 교만함이 지나쳐 공포감마저 느끼게 한다.

어쩌다 듣게 되는 북한 뉴스에 나오는 만년 아나운서 그녀의 목소리는 징그럽고 느끼하면서도 살기(殺氣)가 배어나오는 듯해서 오싹 소름이 돋기도 한다. 기회 있으면 들어보면 실감하리라. 이래서 그녀와의 대담 뒤로는 '네 목소리는 이 네 가지 가운데 어느 쪽에 속하느냐? 오늘도 목소리 탓으로 불이익을 당하지는 않았나!' 하고 자성의 순간을 가지게 되었다.

'보기 좋은 떡이 먹기도 좋고, 비는 장수 목 못 벤다' 는 고사(故事)는 좋은 목소리로 노래하듯 상대방에게 말(응답)하면 반드시 플러스가 된다는 삶의 진리를 터득케 한다.

목소리 속의 범주에 들기에 객담 같으나 목소리 좋아 입신출세한 미국 사람, 도로가에서 구걸하던 한 미국인 노숙자가 기막힌 목소리 덕으로 인생역전을 해 화제가 된 이야기다.

애초 아나운서이던 「테드 윌리엄스」(T. Williams) 씨는 1996년 마약과 술에 빠져 방황하다가 결국은 빈털터리로 전락하여 길거리에서 구걸하던 노숙자였으나 행운이 찾아왔다. 1990년에는 절도죄로 3개월 감옥살이를 했으며, 2004년에도 절도와 위조죄로 2개월 수감생활을 한 일도 있는 화려한 전과경력도 있었다. 함에도 2010년 12월 오하이오주 콜럼비아 지역의 한 일간지 기자가 '나는 신이 내린 목소리를 가졌습니다' 라고 쓴 골판지 종이를 든 그에게 노래를 시켰다. 정말 깜짝 놀랄 만큼 부드럽고 깊은 중저음의 소유자였다. 기자는 그를 대서특필했다. 소문은 그를 화제의 인물로 둔갑시켰고 지역 라디오 방송국의 진행을 맡게 되었음은 물론 미국 프로 농구팀 장내 아나운서 자리도 제안 받고 각종 TV와 라디오 방송국의 출연 요청도 쇄도하고 있어 인생역전의 즐거움을 만끽하고 있다는 외신이었다.

"사람을 겉으로 평가(評價)하지 말라. 신언서판(身言書判)을 따라야 실수는 없는 법이니라. 번드르르한 것보다는 그의 세 치 혀끝에서 나오는 말 한 마디가 천하를 평정하고도 남는다"는 《삼국지》 속 못난이 조조 생각이 떠오른다.

목소리 높여 달라던 그녀의 말이 삼국지까지 들먹이게 되었으니 왜일까? 하는 대답은 독자들 몫으로 남겨두고…….

(2011. 7. 22)

백중과 호미씻기

– 양반에게 욕하는 날

편집자의 요청이 칠석(七夕)인데 곁에 있는 고서들을 들추다 보니 바로 옆에서 백중(百中)의 설명이 보다 다채(多彩)롭고 다양(多樣)하여 이쪽으로 포인트를 옮겨 외도(外道)했음을 앞서 밝혀둔다.

"그래도 명맥은 유지되는가 본데……. 그 지독한 과학문명의 횡포로 우리네의 아름다운 전통 풍속들이 깡그리 뭉개지고 그 잔해(殘骸)마저 찾기 어려울 지경에 백중(百中)이라고 말미를 주어 이곳까지 늙은이를 찾아오니 반갑구먼. 그리 앉게나."

누옥(陋屋)을 찾아간 필자에게 서슴없이 쏟아내는 K영감 특유의 멋대가리 없는 어투(語套)다.

그는 다자다복하고 웬만큼 쓰고 먹고 할 재력에 뭐라든가 하는 관직도 갖고 사해주유(四海周遊)하던 만복(萬福)을 두루 갖춘 인사(人士)다.

서울에 계실 땐 가끔 망중한이라고 해서 불러서는 같이 등산도 하며 필자의 신상에 대해서도 물심양면으로 각별하게 보살펴주던 멘토(mentor)였다.

하마 찾을 시간이 지나고 다시 지나서도 소식이 끊겨 수소문하고 보니 '만사휴이(萬事休而)' 라는 말을 남기고 은둔거사로 나선 지 1년 뒤 겨우 소식을 듣고 찾아간 날이 바로 지난해 초여름의 백중날이었다.

"선생님, '말미를 얻어' 라는 말씀, 무슨 말씀인가요?"

"오늘이 백중날이 아닌가? 이 날엔 머슴이나 일꾼들에게 올해 농사를 짓느라고 수고했으니 장에 나가 맛있는 것도 사먹고 즐겁게 놀라고 용돈 주어 내보내는 날이야. 자네도 주인에게 허락받고 나온 것 아닌가?"

K영감은 이 날의 민속을 들려주시면서 더 알려면 《동국세시기》(東國歲時記)를 보라고 말한다.

그 동안 모르고 살아온 백중의 진미(眞味)를 알았기에 여기 몇 줄 간추려 옮겨본다.

―백중이란 1년 24절기 중에서 가장 한가운데에 해당하는 날이다. 음력으로 따져서 백중 이전은 전반기고 이후는 후반기이다. 이래서 백중은 1년 가운데 중간점으로 중원(中元)이라고도 부른다.

―이 날 장터는 놀러 나온 머슴과 일꾼들로 흥청거리며 농악도 씨름판도 벌어지기도 했고 마을에서는 가장 농사가 잘 된 집의 머슴을

소의 등에 태워 동네를 돌아다니는 풍습도 있었다. 이때 주인집 양반들은 그 머슴에게 돈을 집어 주는 것이 관례였는데 주는 돈이 적으면 양반에게 욕을 해댈 수도 있고 욕을 먹어도 문제 삼지 않고 견뎌야 하는 양반사회의 권위가 무너지는 특별한 날이기도 했다.

—백중인 칠월 보름날, 이날은 불교 5대 명절 중 하나로 스님들이 하안거(夏安居)를 끝내는 해제일이고 우란분절(盂蘭盆節)이라고도 하여 특별히 조상을 천도하는 행사를 봉행한다. 이것은 부처님의 10대 제자 중 목련존자가 신통력을 얻은 뒤 천안으로 돌아가신 어머니를 찾아보니 무간지옥에 떨어져 고통을 받고 있음을 보았다. 어머니를 구제할 방법을 부처님께 여쭈었더니 하안거 해제일에 음식, 의복, 등촉, 평상(平床) 등을 갖추어 시방(十方)의 고승대덕(高僧大德)에게 공양하면 그 공덕으로 지옥의 고통에서 구할 수 있다고 하여 그대로 행한 데서 그 유래를 찾을 수 있다.

—민가에서는 달이 뜨는 밤이 되면 과일, 채소, 술, 밥 등을 차려 돌아가신 망친(亡親, 부모)의 혼(魂)을 불러 제사를 지낸다 해서 망혼일(亡魂日)이라고도 한다.

—조선조 선조 때의 문사(文士) 동악(東岳) 이안눌(李安訥)은 《조선의 연중행사》(1931년 조선총독부 간행) 백중편에 한시(漢詩) '기득시전채과천(記得市廛菜果賤) 도인수처천망혼(都人隨處薦亡魂)' 이라고 남겼으니 쉽게 풀어 보면 '시전에 나가 채소와 과일 등 제수를 싸게 얻었고 천지간에 떠도는 모든 귀신들을 불러 모아 재를 지내 준다' 는 뜻이리라.

또한 조선조 후기에 발간된 《송남잡식》(松南雜識)에는 '백중날은 중원(中元) 또는 백종(百種), 심지어 백종(白踵)' 이라고도 불렀으니 이는 승려들이 발을 닦아 발뒤꿈치(踵)가 하얗게 되었다는 기설(奇說)도 있다.

—이 무렵이면 '어정 7월' '동동 8월' 이라는 말도 있듯이 봄부터 시작된 고된 농사도 거의 끝나가고 세벌 김매기와 '만두레' 에 '호미씻기' 까지도 마쳤고, 가을걷이까지엔 잠시 말미를 갖고 허리를 쉬면서 더위로 쇠약해진 건강을 회복하는 재충전(再充電)의 시기였다고 적고 있다.

이래서 백중날이 한낱 달력 위에 기록된 절후가 아니고 불가나 민가에서 여러 가지 행사로 영일(寧日)이 아닌 명일임을 알았고 덤으로 당나라 시인 소동파(蘇東坡, 蘇軾)의 적벽부(赤壁賦)를 만나게 되었으나 시(詩) 이야기는 다음으로 돌리고 싶다.

그것은 백중이 이토록 불가나 민가에게, 망친에게 천도하는 효도도 하고 농사 지어온 머슴이나 일꾼들에게까지도 아니 이승인 현실계(現實界)와 저승인 영계(靈界)를 넘나드는 명일임을 몰랐으니 한 마디로 말해 내 것을 모르고 살아온 부끄러운 나날들 때문이었다.

달리 말해서 우리가 매일 매일 편안하게 삶을 살아가는 것은 첨단과학의 소산인 생활이기(生活利器) 덕이다. 이 문명의 이기 탓으로 예부터 내려오는 전통과 풍습들이 우리 머릿속으로 비집고 들어설 자리가 없어졌음도 부인 못할 현실이다.

더 보탠다면 필자도 그렇지만 우리 기성세대에서도 예하면 이 백중을 놓고 속속들이 말해 100점 맞을 사람은 그리 많지 않으리라고 보아진다.

크리스마스 그리고 추수감사절(Thanksgiving Day)가 매년 11월 셋째 일요일임을 똑 부러지게 알고 있고 여기에 화이트 데이, 발렌타인 데이, 로즈 데이가 언제고 무슨 날인가를 훤하게 잘 아는 우리 2세, 3세들이지만 정작 우리 것인 칠석이나 백중날이 언제고 무슨 날인가를 아는 청소년들이 몇 %나 될까?

이런 현상이 누구의 책임일까? 위정자, 학자, 선생, 선배, 분명 이 가운데 누군가에게 책임은 있다.

이것을 성급한 식자 쪽에서는 과학문명에 억눌린 탓이라기보다는 사대주의 쪽이라고 몰아댄다.

정말, 이미 빛바랜 이 사대주의가 아직도 건재하다는 말인지 도통 가늠이 안 선다.

"그것은 우둔한 자네 머리 탓이야" 하고 폄훼(貶毁)할 독자가 있을지 모르나.

(2008. 7. 5)

구멍 빠져 나오기

–'오니노몬' 에서의 자초한 징크스

지난 6월 초순 ××협회에서 마련한 '일본땅 훑기' 는 유익한 관광이었다.

새로운 땅을 접하여 그곳의 지기(地氣)와 천기(天氣)에 인기(人氣)를 대하고 마시고 취해 보는 여행은 바로 많은 글을 쓰도록 해 주는 바탕이 되었다. 이 여행 역시 많은 글감을 안겨주었다.

지난 날 출장으로 동·서로 다시 중동에까지 하늘을 누비고 다닐 때 가는 곳마다 그곳에 맞는 글감들이 널려 있었으나 게으름 부리다가 제대로 종이 위에 옮기지 못하고 내팽개친 글감, 사장된 것도 많았다.

이런 글들은 내가 다녀 온 곳에 많은 사람이 앞서 다녀갔고 뒤 이어 찾을 것이기에 신속, 정확을 생명으로 삼는 뉴스처럼 때를 놓치면 그 가치성이 떨어져 글이 제대로 대접 못 받았다.

이번의 일본 여행 역시 처음으로 가는 홋카이도의 삿포로, 하코다데의 유적지를 둘러보고 도쿄로 날아와서 세계의 돈주머니를 쥐락펴락 한다고 큰 소리치는 일본경제의 심장부에서 뛰는 박동치는 소리를 눈귀로 체험했다.

다음날 신칸센 고속열차로 오사카로 내려와 나라, 교토를 다니며 백제에서 건너온 불전, 불경, 불탑의 흔적을 더듬어 보고 다시 본주와 구주 사이에 둘러싸인 가늘고 긴 바다길, 세도나이카이(瀨戶內海)를 페리로 밤새며 달려 신모지항에서 내렸다.

가까이 있는 구마모토성의 이중 해자(垓字) 등의 축성술에 찬사를 보내며 아직도 장유유서(長幼有序)에 부계존중(父系尊重)의 오륜이 엄존한다는 2천 7백 마리의 원숭이가 산다는 산을 관광하고 나서 인천으로 돌아오는 코스였다. 공로(空路), 육로(陸路), 해로(海路)의 3로를 통한 섭렵이었다.

7박 8일 동안의 여행기를 쓰다 보면 필자의 관점에 따라 쓰기 마련이나 찾아간 곳을 하나씩 주워대기도 무척 힘든 일이나 그 중에서 두 가지 일은 길이 간직해 두고 싶었다.

삿포로에서의 이틀째 날 찾아간 포도로고단(아이누민속박물관)에서 들은 아이누민족의 현황과 수난사(受難史), 또 교토시의 백제 불교문화와 연관이 있는 고류지(廣隆寺)를 비롯 황금으로 뒤덮인 화려한 누각 금각(金閣), 그리고 도다이지(東大寺)의 오니노몬(鬼之門)을 빠져 나오면서 고생한 일은 차원이 달랐으나 인상 깊게 남을 추억이기도 하다.

아이누(Ainu)족은 일본열도 북쪽 홋카이도 동북부에 대대로 뿌리

내리고 살아온 원주민이나 일본인이면서도 일본인과 동화될 수 없었고, 오직 박해와 수난의 역사만 간직한 민족들이다.

우리 일행은 포로도고단의 한쪽에 있는 지세(집)로 안내 받았다.

1984년 중요무형 문화재로 지정된 이오만데리무세(곰의 영혼을 보내는 춤), 아이누 악기 뭇쿠리(입으로 타는 가야금), 우포포(앉아 부르는 노래), 이훈께(자장가), 사로눈치카푸리무세(학춤), 장대(壯大)한 에무시리무세(칼춤) 등으로 거의 한 시간 가까이 진행된 한 마당의 공연이 끝난 뒤 사회를 보던 좌장의 설명을 들었다.

그 옛날 이 넓은 땅 홋카이도는 우리들의 선조들이 지내던 자유천지였습니다. '아이누'란 말은 원래는 사람, 인간(人間)을 뜻하는 아이누의 말입니다. 홋카이도나 동북, 북부, 사할린 남쪽, 지시마넷도(千島列島)에는 일본인이나 러시아 사람들이 살기 이전부터 우리 아이누, 독자의 말과 문화를 가진 선주민족(先住民族)이 살고 있었습니다. 이젠 해마다 그 수가 줄어들어 이곳 홋카이도를 중심으로 겨우 수 천 명이 살고 있습니다. 지금부터 140년 전 일본의 메이지 정부는 1871년 호적법을 공포하여 우리 민족 아이누를 신민으로 만들고 천황을 섬기라 하며 우리 아이누의 전통 관습을 금지하고 삶의 터전에서 내쫓았습니다. 이른바 허울 좋은 동화정책(同化政策)을 내세워 천황의 충실한 신민이 되는 길로 몰아갔습니다. 아이누어 사용금지에 생활수단이던 수목벌채 등을 못하게 하고 물고기 잡아먹고 연명하는 물가로 내몰았습니다. 이후 우리 아이누들은 오랜 기간 차별과 빈곤 속에서 허덕이게 되었습니다.

다행스럽게도 내년 7월 이곳 '도야코'에서 '지구환경을 주제로 한 주요 8

국의 정상회담' 이 열린다니 우리들의 존재를 세계에 널리 알릴 기회가 왔습니다. 여기에 맞춰 아이누족의 사회적 지위향상과 문화 전승 보존을 목적으로 하는 연합조직을 만들어 '홋카이도우타리(아이누)협회' 를 만들고 협회 이사장으로 '가토다다시' 씨를 선출했습니다.

세계를 움직이는 정상들이 모이는 이 회의에서 자연과 같이 살아온 우리 아이누 민족의 정신 없이는 지구환경은 생각할 수 없다는 것을 강조하고 이 정상회담의 프로그램에 우리의 고유 춤도 끼워 넣도록 섭외도 할 작정입니다. 우리들의 비원(悲願)은 일본 정부로부터 아이누가 원주민족임을 공식으로 인정받고 이를 바탕으로 자주적 권리 보장과 경제 격차 시정을 위한 정책을 얻어내도록 힘없는 우리도 힘을 길러야 하겠다는 몸부림입니다. 일본은 물론 세계로부터도 우리가 원주민임을 인정받자는 자존(自存)의 싸움입니다.

이렇게 20분 넘게 말한 그의 눈시울은 촉촉이 젖어 있었다.

문득 그 지세를 나오며 '역시 힘이 없어 나라도 빼앗기고 성과 이름에 살 땅마저 빼앗긴 채 간도로, 만주로 떠나가야 했던 우리의 조상들 생각이 났다. 황국신민의 선서, 내선일체에 일시동인(一視同仁)이란 어려운 말을 외우도록 강요당했던 우리들이 아니었던가?' 이런 생각으로 이 아이누 민족의 앞날에 영광이 다시 찾아오기를 기원해 주었다. 하긴 미국의 원주민 인디언들도 그들의 권리 회복을 위하여 부단한 투쟁으로 미 의석수를 늘려가고 있으며, 그들을 '니그로' 네 '인디언' 이네라고 부르지 말고 '네이티브 아메리칸' (Native American－미국 태생의 사람) 또는 '원주민' 이라고 불러 달라고 권익 신장을 내세우고 활동하고 있다는 소리를 그곳 매스컴에서 들은 지가 어제 오늘이 아니지만….

하긴 일본 땅 가는 곳마다 망국민(亡國民)의 통한(痛恨)이란 질긴 한일 관계의 끈의 흔적을 볼 수 있었으니 고구려 담징의 금당벽화며 법륭사의 성덕태자의 몽전은 남의 땅에 있지만 문화재로서의 중후한 멋도 깃들어 있어 그 옛날의 훈향을 느끼게 했다.

특히 교토의 호류지(法隆寺)와 같이 성덕태자가 세운 고류지(廣隆寺) 역시 불교를 흥륭시켜 문화의 향상을 도모하고 민중화합을 열원한 성덕태자상에 참예하고 로쿠온지(鹿苑寺)의 황금으로 화려하게 뒤덮여진 금각(金閣)은 그 화려함이 밑에 있는 호수에 얼비쳐 바로 보기는 눈이 부셨다.

그 옆 도다이지 안의 대불전(大佛殿)의 불상들을 돌아보고 나오려할 때 우측의 기둥이 유달리 칠해 놓은 듯 번쩍이고 있었다. 다른 기둥과 달리 고색(古色)이 창연(蒼然)하지 않아 가까이 가서 보았다. 내 팔 아름으로 가득 차게 큰 둥근 기둥이고 그 아래쪽에 지름으로는 5,60센티가 됨직한 구멍이 뚫려 있었다. 흔히들 하는 '××님 콧구멍만하다' 는 말이 실감난다.

내 앞서 도착한 학생들이 서로 주고받는다.

"고고까라 하잇데 고지라니 데룬다요."

(여기에서 들어가서 이곳으로 나오는 거야.)

"맛데로요. 보구가 사기니 하이루가라네."

(여기서 기다려, 내가 먼저 들어갈 테니까.)

나는 L형과 같이 보고 있었다. 그 학생은 이미 몸을 땅에 댄 채 들이민 머리는 안 보이고 계속하여 두 발을 땅에 대고 교대로 밀어대고 꿈틀거리면서 빠져 나오려 한다. 이내 빠져 나왔다. 그들 일행 중 하나가 소리치면서 카메라를 들이대고 이 장면을 찍는다. 재미날 사진이 되리라. 이어 다른 학생도 힘들어 하면서도 쉽게 통과했다. 이어 세 번째로 뚱뚱한 덩치가 시도하려다가 포기한다.

나도 통과해 보고 싶었다. L형에게 카메라를 맡기고 옆으로 몸을 눕혔다. 나이도 체면도 모두 팽개치고 도전하였다. 소요시간 길어야 5분. 먼저 머리를 집어넣는다. 두 발 끝으로 바닥을 비벼대면서 몸을 끌어들인다. 순간이지만 뚫려진 구멍이 내 눈앞 바로 앞에 바짝 다가있어 아무것도 안 보인다. 숨통도 막는다. 다시 미처 딸려 들어오지 못한 발들이 비벼대며 아래 몸뚱이를 끌어당긴다. 목이 올라오면서 마지막 몸부림 끝에 두 다리만 구멍 속에 남아 있다. 누군가 내 몸뚱이에 플래시 세례를 퍼붓는다. 이토록 역사적인 순간을 L형도 카메라에 담았다고 한다. 해냈다는 자기 만족에 홀로 취해 본다. 뒤를 돌아보았다. 누군가 또 내 뒤를 잇고 있는지 기둥 옆이 왁자지껄하다.

나는 돌아 나오며 안내소에 들러 이 기둥에 대하여 이것 저것을 물어 보았다.

오니노몬(귀신의 문)이라는 것과 통과해 나온 사람은 누구나 행운을 받는다는 속설이 있다면서도 어느 때부턴가에 대하여서는 시원스런 해답을 얻지 못했다.

다만 전설로 전해 들은 것을 소개하면, 이 전각에 자주 불이 일어나자 주지가 고민하던 중 '새로 짓는 기둥 하나에 구멍을 파서 세우라. 그리고 오니의 화상을 그 구멍으로 세 번만 통과시켜라. 액을 면할 것이니라. 이후 사람에게도 액을 면제해 주는 선교의 방편으로 널리 쓰라' 고 현몽하여 그대로 절을 지을 때 커다란 기둥 밑 부분에 구멍을 뚫고 의식을 치렀다고 한다. 그런 뒤로 이 전각에는 화재가 일어나지 않았다고 하니 횡액 막아주는 부적처럼 알려져 '오니노몬' 으로 관광객에게 사랑을 받고 있다는 것이다.

나중이지만 우리 일행 중 이 오니노몬에서 모험(?)을 한 사람이 두세 사람이었다는 말도 들었다. 관광지를 다니면서 처음으로 당하는 징크스 아닌 자초(自招)한 징크스. 조그만 구멍 빠져 나오기 체험은 분명 재미있는 추억임이 분명하다. 나는 만사를 제액(除厄)해 주고, 사업도 번창(繁昌)케 해 준다는 말에 현혹되는 미약한 호모사피엔스인지 모르지만…….

(2007. 8. 6)

측간잡화(厠間雜話)

측간(厠間)—. 칙간이라고도 하고 뒷간이라고도 한다.

어떻게 부르건 측간이란 말에는 한데 칙간이 먼저 떠오른다. 인적이 드문 외딴 곳에 다 쓰러져가는 의지간(依支間) 같은 곳이다.

지붕의 이엉은 언제 했는지 모르게 벗겨져 나가고 푸석푸석 삭아 내려 가루가 되어 이따금 스치는 바람결에 자꾸만 날아가는 음산한 곳.

급한 일이 생겨 어쩌다 허리 굽히고 기다시피 들어가서 한쪽 모서리가 깨진 옹기통 위에 엉거주춤 두 발을 쪼그리고 앉으면 삭아든 누우런 똥물이 매캐한 냄새를 풍겨대며 반가이 맞이한다. 여기에 들어온 사람의 낌새를 맡은 똥물 묻은 발가락을 비벼대며 똥파리가 윙윙 하고 날아와 칙사 대접하려 든다. 손 흔들어 쫓으면 이내 자리만 바꿔 손등이나 얼굴에 대고 핥아대곤 한다.

머리 위에는 얼기설기 얽어맨 막대기 서까래에 걸쳐 늘어진 거미

줄이 머리털 위에 은 빛깔 수를 놓아준다. 발밑으로 비쳐든 사윈 햇살에 똥물 속에서 허연 배때기를 드러낸 똥고자리들의 꿈틀거림으로 풍겨 나온 암모니아 가스는 숨길을 탁탁 막으려 든다.

이것이 바로 우리네 6, 70대가 보고 자란 시골 고향 마을 한 모퉁이에서 보아온 한데 칙간의 풍경화다.

'왜? 하필!' 하고 더 보태어 더러운 곳 이야기를 화두로 삼았느냐고 묻는다면 이젠 더럽다는 생각을 버릴 때가 온 것 같아서다.

"이곳에서 한참을 쪼그리고 앉아 심판 받을 수 있음을 무상의 행복으로 알아야 한다"로 시작되는 Y시백의 '측간예찬론'은 분명히 나에게 사고의 전환을 가져오게 해 주었다. 더 들어보자.

"C형, 몸이 아파 병원 침대에 누워 있을 때 입으로만 들어가고 아래로 배출을 못시킨다면… 하고 생각해 보았느냐"고 쉬운 말로 물어 왔다.

"그렇다면 예삿일이 아니지요" 하고 대답하는 내 말 속에서 그는 더 이상 말이 나오기를 기대하지 않는 눈치다.

우리는 흔히 '신에게 심판 받는 반성의 순간이다.' '나만이 점유한 사색의 공간이다.' '내 건강을 판정 받는 심판장이기도 하다'고 자연스럽게 신입구출(新入舊出)해야 하는 생리현상을 말하면서 '밥 잘 먹고, 잠 잘 자며, (똥) 잘 싸며 산다면 이것이 바로 행복한 것 아니냐?' 하고 다시 묻는다.

사실, 연부역강(年富力强)한 청장년 못지않은 건강한 체질의 소유자들은 의사나 약 도움 없이 제대로 나오는 생리현상을 항상 나오는 것이려니 하고 고마워할 줄 모른다.

그러다 운수 불길해서 건강을 해하여 병원의 하얀 시트 위에 누워서 하루 한 번 같은 시간의 용변(用便), 이른바 변사(便事)를 제대로 못하게 되었다면 이때의 마음이나 몸 속에서 일어나는 고통은 이루 말할 수 없을 것이다. 쾌변(快便)을 바라는 마음 무척 크리라.

조금은 객쩍은 말로 들릴지 모른다. 이젠 하루 한 번 같은 시간 우리 몸의 건강의 증표(證票)인 변사를 맡아 처리해 주는 측간이건 뒷간이건 더러운 곳이라고만 치부하지 말고 격을 높여 지순지고(至純至高)한 조물주의 명령에 따라 삶을 이어가는 곳으로 승격해 봄도 어떨까?

이곳이야 하루 한 번은 꼭 찾아야 하기에 불가원(不可遠)해서도 안 되고, 그렇다고 항상 가까이 수없이 찾는 불가근(不可近)해서도 안 되는 곳이나 사람들의 소견이 틔어서 찾아감도 차차 세련돼 가고 그 안의 것들도 많이 달라져 성소(聖所)로 대접하여도 될 듯하다. 그 이름의 바뀜에 따라 그 안쪽도 많이 달라졌기에 하는 말이다.

고기(古記)에 보면 호칭 역시 여기 드나드는 사람의 신분에 따라 달랐다.

대개는 몸채 아래 서쪽에 위치해 서각(西閣)이라고도 했고, 신진대사인 변사를 하고 나면 심신이 정화(淨化)된 듯 정신이 명료해졌다고 해서 서당이나 향교 쪽에서는 격 높게 정방(淨房)이라 불리었다. 측간(廁間), 측실(廁室), 혼청(溷圊), 혼측(溷廁) 역시 모두 뒷간이라는 뜻인데 규중(閨中), 규방(閨房)에서나 기방(妓房)에서 이렇게 고상하게 불렀다는데 특히 크게 잘 꾸며진 뒷간을 혼청(溷圊)으로 불렀다니 그 안의 치장(治粧) 또한 짐작하고도 남는다. 상인(常人)이나 서민들은 회치장(灰治粧), 시뢰(豕牢) 등으로 불렀고, 심산유곡의 고승들은 사부중생들의 모든 근심(憂)을 풀어주는(解) 곳(所, 室)으로 '해우소' 또는 '해우실' 로도 불렀다.

또한 임금님의 대소변을 받아 모시는 요강은 '매화틀' 로 높여 불렀음도 알기 바란다.

그다지 못 들어본 '회치장' 은 이 뒷간 안에 오줌과 변을 받는 항아리나 통이 없던 옛날엔 잿간에 가서 그 옆에서 용변을 하고 나서 재로써 덮어 치장했기에 나왔고 '시뢰' 는 돼지를 가둬두는 곳으로 측간이나 뒷간과는 먼 듯하나 변을 돼지에게 먹여 키우기도 했기에 이런 말도 나왔음직하다. 지금은 없어졌지만 제주도에선 돼지에게 똥을 먹여 키웠음은 다 아는 사실이고.

다음으로 이 안의 것들을 보면 측간이나 뒷간이 우리네 선인들이 부르던 이름이었으나 일제 땐 변소(便所) 아니면 수세소(水洗所, Water Closet)가 되더니 다시 서구바람을 타고 와서는 화장실(化粧室, Dressing Room) 또는 Wash Room으로 바뀌고 근래엔 부쩍 는 불청객인 황사(黃砂) 바람에 실려 세수간(洗手間)이란 표딱지가 달라붙어 곧잘 눈에 띈다.

이런 이름의 호사에 못지않게 더러움, 불결함의 극치인 항아리 청소, 바가지에 담아 다른 통에 붓던 '푸세식' 에서 용변을 마친 뒤 보턴 또는 끈이나 줄을 당기면 물이 왈칵 쏟아져 싹 쓸고 가는 '수세식'(水洗式)으로 바뀌어 갔다.

마지막 작업은 종이나 화장지로 항문 주변을 말끔히 닦는 일이다. 이 일은 자기 손으로 닦아야 하고 지위고하를 막론하고 자기 자신이 꼭 해내야 한다. 남에게 시키지 못하는 일로 비대체성성업(非代替性聖業)이다. 어린애나 병자를 제외하고는 누구나 자기가 해야 한다. 이런 귀찮은 일도 인지(人智)의 발달로 자기 손으로 하지 않아도 된다. 이른바 화장실문화의 혁명이다. '비데' 란 세정기(洗淨器)의 등장이다. 물이 나와서 항문을 씻어주고 말려주는 기계다.

지금 나는 비데 위에 걸터앉아 편한 자세로 거룩하신 조물주님의 명령을 착실하게 수행하고 있다. 그런데 여느 때 같잖게 조금은 힘이 든다. 앉으면 이내 얼마 뒤에 시원스레 배출시켜 주는 생리기능이 오늘은 미동도 하려 들지 않는다. 조금 더디게 일이 진행되는 듯하다.

하긴 그도 그럴 것이 남의 사무실이나 남의 집에 가면 이 명령수행하는 생리기능이 중지되다시피 해서 영 말을 듣지 않는다. 배 속에는 하루만큼의 양이 적체된 채 집으로 옮겨와 이틀이 되었기에 그런 현상이 일어난다.

이렇게 따지다 보니 내 항문도 현대문명의 맛깔스러운 멋을 익혀 버릇이 되었다는 생각이 들다가는 우리네 항문이 지난날에는 무척이나 학대 받았다는 기록도 생각난다.

종이의 등장 이전에는 대국족(한족)들은 건시궐(乾屎橛)이라는 마른 막대기에 대고 닦았고, 야마토족(일본족)들은 19세기 메이지유신 때까지 두툼하게 꼬아 만든 새끼줄(卷繩)에 대고 죽 훑고 지나가면 그만이었고, 고대 우리네 서민들은 지푸라기를 손에 넣고 비벼 부드럽게 만들어 밑을 닦았다고 하니 이 밑이 대우 받지 못하고 숱한 세월을 보냈음을 알고도 남는다. 지난 5월 말경에는 서울에 토일렛카를 타고 온 러시아인으로 화제가 된 일이 있었다. 러시아화장실협회 회장 '블라디미르 목수노프' (Valdimir Moksunov)는 화장실문화 운동가다.

그는 L호텔에 머물렀고 '세계화장실협회 창립총회 준비이사회'에 참석하기 위해 왔다고 한다. 오는 11월에는 창립총회가 열린다니 그 귀추가 주목되는 바이며, 화장실문화를 '더 깨끗하고 쾌적하게 더 위생적으로 바꾸자' 는 화장실 혁명의 취지를 온 세상에 알리기 위해서 세계 각국을 순회중이라고 했다.

변기를 깔고 앉아 운전하며 세계 일주를 하겠다는 야심찬 계획도 갖고 있으며, "화장실은 정화소(淨化所)입니다. 몸과 옷매무시는 물론 영혼까지도 깨끗이 하는 곳입니다. 행복한 화장실을 가지는 건 인간의 기본권이며 인간의 존엄성을 위해 화장실문화를 발전시켜야 할 의무가 있다고 생각합니다"라고 강조하고 있었다. 분명 그는 선각자다.

그는 입국하자마자 한국 가정집에서는 어떤 변기들을 쓰는지 궁금해서 변기 가게부터 찾아간 극성파였다는 후문이다.

다시 한 번 되씹어보자. 건강함을 심판받는 곳, 건전한 신체임을 자랑하는 이 곳! 이런 성소이기에 지극정성으로 사심(邪心) 없이 진심으로 대접해야 한다고 말하면 내가 목수노프 회장, 그를 신봉하는 마니아로 지탄 받을까?

대답 듣기에 앞서 되묻고 싶다. "남을 사기치고 폭행하고 심지어는 살인까지도 서슴지 않을 악심(惡心)으로 가득 찬 인간의 뱃속에는 어떤 종류의 배설물이 괴여 있을까요?" 하고…….

(2007. 8. 8)

전흔(戰痕), 치욕(恥辱)의 강화도

– 민족의 애환(哀歡)이 서린 섬

집이 남쪽이라서 문학기행을 초청 받고도 따라 나서기가 쉽지 않다.

남보다 빨리 신새벽에 나서야 출발시간대를 맞출 수 있고, 버스를 타고 지하철을 두서너 번 갈아타고 가야 하는 길이다.

지난 6월 초의 화서문학회(회장 김동설)의 강화도 문학기행은 큰 맘 먹고 나섰다. 차가 서남쪽으로만 곧장 달리는 길옆으로 펼쳐지는 산수는 3년 전인가, 강화에 사는 S형의 초청으로 갈 때보다 많게도 상처를 입고 있었다. 일망무제(一望無際)의 들판은 간데없고 들과 산 여기저기에 마천루, 부르기도 까다로운 외래어로 된 해괴한 이름을 내민 시멘트 정글인 아파트군(群)들이 들어서 수평선을 찾기는 옛일이 되고 말았다. 그래도 이런 시멘트 정글족속에 끼지 못하는 서민들은 오르기만 하는 집값만큼 커가는 시름으로 나날을 보낸다고 매스컴들은 연일 쫑알댄다. 사람이 늘어나는 만큼 집도 지어대야 한다는 수식(數式)을 북악산 밑이나 여의도 어른네들은 알고서 착실히 애민(愛民) 쪽으로 목소리를 내고 있다고는 들었다. 수요(需要)가 공급(供給)에 아니, 공급이 수요를 못 따라 간다고 말하기도 하고, 집 지을 땅값이 너무 높아서 이구이언(異口異言)이나 땅(논밭)에게서 주객(主客)이 뒤바뀐 이변(異變)을 볼 수 있다.

물 담긴 논을 보았다. 시멘트 정글 사이로 조금 보이는 논이 푸른 색으로 옷을 갈아입고 커가는 모 포기들이 살짝살짝 스치는 봄바람에 나풀거리면서 우리를 반겨준다. 논이나 밭에서 얻어지는 수입보다 지목 변경하여 대지로 바꾸면 횡재하여 졸부의 반열에 오르는 판세이니 그 누군들 논밭을 제대로 놓아둘 것인가! 이래서 땅은 돈 덩치가 큰 쪽으로 좇아가면서 시멘트가 빚어내는 마물에게 잡혀 목숨이 끊긴다. 이젠 도시 근교는 물론 농촌을 찾아들어도 논밭을 만나기가 쉽지 않아 이변이란 말이 결코 낯설지가 않다. 이런 나만의 논바닥 철학에 끌리고 있을 때 앞쪽에서 누군가가 강화대교를 건넜다고 외친다. 여기부터 강화도란다.

사실 이곳은 우리 민족 5천년의 애환(哀歡)이 가장 많이 서린 곳이다. 어림잡아 보자. 환(歡)쪽으로는 단군시대 하늘에 제사 지내기 위하여 쌓았다는 마니산(해발 496)의 참성단(塹星壇)이 요즘의 전국체전 때 성화를 채화하는 성지(聖地)로 바뀌었고, 전등사가 들어앉은 정족산(222)의 정상에 단군이 세 아들을 시켜 쌓았다는 삼랑성쯤을 추켜세울 수 있겠으나 애(哀)쪽으로는 무척 많아 전흔(戰痕)의 치욕(恥辱)이 어린 전적지(戰迹地)다.

멀리는 삼국시대를 거쳐 고려시대 39년간의 대몽항쟁 근거지로, 병자 · 정묘의 호란으로 침탈당하던 조선시대의 전흔들, 근세의 미 · 영 · 불 제국주의 열강들의 침탈에 맞서 싸우던 수많은 전적지인 돈대(墩臺), 보(堡), 진(鎭) 등은 힘없는 민족의 아픈 상처, 말 그대로 '상처뿐인 민족의 한(恨)' 이 깊이 서려 있다.

물론 근세에 들어와서는 '웰빙' 이라는 식주(食住) 문화가 뿌리내린 레저 단지도 가볼 만하고 여기에 불교문화를 고스란히 간직한 천년 고찰 전등사며, 발굴된 원시 청동기시대 유물임을 아는 커다란 고인돌 유적지, 그리고 석모도에 볼음도 등 섬 나들이까지는 하루의 짧은 해로는 당해낼 수 없는 '7개의 얼굴을 가진 관광 명승지' 라고 가이드는 자랑이다.

맨 처음 들어선 곳은 초지진(草芝鎭)이다. 1866년 9월 천주교 탄압 구실로 침입한 프랑스 극동함대, 1871년 4월 통상을 강요하며 내침한 미국 아세아함대, 1875년 8월 일본 군함 운요호와 대전했던 격전지다. 진(鎭)이란 지금의 연대병력쯤의 주둔지란다. 성벽에 올라 외적들이 올라오던 바다를 바라보면서 국력이란 무얼까? 하고 순간의 애국심도 일으켜 보았다.

고종 13년(1876) 일본에 의하여 강화도조약(병자수호조약)을 맺어 인천, 원산, 부산항을 개항하게 되어 우리나라의 주권은 상실하게 되었다고 안내판은 치욕의 기록을 말해 준다.

"여기 보세요. 이 소나무들 위쪽 둥근 가지 사이에 있는 시커먼 자국은 포탄 맞은 흔적이랍니다. 400년도 넘은 이 소나무는 약제 처리하여 건재합니다만……."

여러 차례의 격전 속에서도 살아남은 끈기는 가상타 하지 않을 수 없다. 움직여 항전은 못한 소나무이지만 나라를 지켜준 공로에 우리는 끝없는 찬사를 보냈다.

자리를 옮긴다. 광성보(廣城堡)다. 1618년 조선 광해군 때 축성한 중대 병력이 주둔하던 요새로 지금은 20여만 평의 너른 터가 자연공원으로 단장되어 있어 당시의 전흔을 찾기가 쉽지는 않았다.

1871년 4월 신미양요 때 가장 격렬했던 싸움터인 요새(돈대)로 미국의 로저스가 통상을 내세워 함대를 이끌고 1,230명이 상륙, 초지진과 덕진진을 점령한 후 이곳에 이르러 백병전을 전개하여 당시 어재연 장군이 전 용사들과 함께 순국한 곳이다.

전적비를 보고 나니 '국토방위를 위해서는 강병을 육성하라' 는 소리가 내 뒤에서 들려오고 빙 돌아가며 쌓은 성벽을 한 바퀴 돌아 내려오니 크고 작은 포 2문이 중앙에서 우리를 반긴다. 양요 때 전과를 올린 포라며 탄착거리는 700m라고 적혀 있다. 이 포들은 폭약을 장진하고 화구 쪽에서 점화를 시켜야 발포되었다니 적에게 발포하려면 장진, 점화에 시간이 걸려 적을 사살 못할 때도 더러 있었다는 가이드의 설명. 오늘의 전쟁은 버튼 하나만 누르면 몇 천 킬로미터도 달려가 명중시킨다는 하이테크노전이니 그 전투양상이 무척 달라 애국심이란 갈피가 헷갈린다.

인마를 들이대고 병사의 사체(死體)를 길바닥에 깔면서 나아가는 싸움, 때로는 백병전까지도 벌리는 고대전(古代戰)에 과학적인 장치로 싸움(전쟁)하는 현대전, 심지어 인력 대신 전선에 로보트를 내세워 대리전쟁을 시키겠다는 판세가 아닌가! 이래도 강병 육성책이 국방의 필수 조건이랄까 하는 사념(思念)에 잠기면서 일행 뒤를 따라 푸른 숲들로 가려 깊숙이 들어앉은 정족산의 전등사를 찾아들었다.

전설이 숨쉰다는 천년 고찰 전등사. 고구려 소수림왕 11년(381)에 진나라에서 건너온 아도화상이 창건하고 진종사(鎭鍾寺)라 하였고, 고려 충렬왕 원비 정화공주 왕(王)씨가 승려 인기(印奇)를 시켜 송나라에서 대장경을 인쇄해 와 보관시켰던 곳이다. 조선 숙종 4년(1726)에는 《조선왕조실록》을 보관하였으며, 정조 8년(1784)에는 경내에 식량을 비축하는 정족창(鼎足倉)을 세웠다. 1911년에는 조선불교(30본산의 하나) 사찰을 관리하는 본산으로 승격했고, 1934년에는 전문강원을 설치하는 등 한국불교의 가장 오래된 성지가 되었다고 안내판이 전해 준다.

그보다 더한 것은 보물 178호로 지정된 이 전등사에서 빼놓을 수 없는 전설이 담긴 대웅전 네 귀퉁이의 지붕을 떠받치고 있는 나무로 깎은 벌거벗은 여인상이다. 전설에 의하면 대웅전 건립 때 도편수가 불사(佛事) 중에 마을 여인과 깊은 사랑에 빠져 불사를 끝마치면 결혼키로 하여 가진 돈 모두를 주었는데 여인이 변심하여 다른 남자와 통정하고 도망치자 도편수가 실의에 빠져 일손을 놓았다가 부처님의 계시로 다시 계속 마무리하면서 네 귀퉁이에 죄를 경고하고 참회토록 한 손으로 무거운 지붕을 떠받치고 있는 나부상(裸婦像)을 조각했다고 한다. 이 조각들은 마치 벌을 받으면서도 꾀를 부리고 있는 듯한 모습으로 우리 선조들의 재치와 익살을 엿볼 수 있고 당시의 능숙한 조각 솜씨를 엿볼 수 있어 조선 중기 이후의 건축사 연구에 적지 않은 공헌을 했다고 평가 받고 있다.

또한 전등사 박물관에 수장된 옥등, 명부전의 법화경판, 청동수조며 양헌수 장군의 승전비 등이 모두 무가(無價)의 국보란다. 특히 옥등(玉燈)은 고려 충렬왕의 정비가 이 옥등을 부처님전에 올림으로써 절 이름을 전등사(傳燈寺)로 부르게 되었다는 것.

관광도 시장기가 들면 시들한 법. 우리는 입구쪽 남문식당의 산채비빔밥으로 홀쭉해진 아랫배를 달래고 나오다가 보니 광성보에 있는 화포와는 비교도 안 되는 작고 앙증맞게 생긴 고운 소포(小砲)가 눈에 띤다. 포신을 보니 갑술(甲戌) 정월(正月)이라고 적혀 있어 나와는 띠동갑이다. 숱한 세월 동안 이 동갑 띠 수천만 번 만났겠지만 생월까지 같다 보니 무척 반가웠다.

무생물과 생물과의 해후(邂逅). 앞서 본 불교경전의 전문강원 역시 갑술년(1934)에 개원했다니 띠동갑이고 한 자리에서 만나지 못하는 띠동갑을 하나도 아닌 두 개나 얻어냈으니 '럭키 가이'가 아닐까?

포신장 80㎝, 구경 15㎝. 탄착거리 700m라는 쪽지가 궁금증을 풀어준다.

"이 소포 화약 넣어 쏘면 날라간답니까?"

"예 나갔었다고 말들 합니다. 여러분이나 나나 그때 살아보지 않아 자세한 것은 알 수 없지만…"하는 말끝에 "나와는 띠동갑이더군요" 하고 인사말을 남기고 차에 올랐다.

다음은 고인돌 유적지 탐방이다. 강화의 고인돌 유적지에는 150기가 산재해 있는데 고천리, 오상리, 삼거리 등에는 홀로 또는 군집해 있으며, 2000년 12월에는 유네스코에 등록된 세계문화유산으로 공식 지정 받았다. 약 24,000평에 이르는 넓은 터에 파랗게 깔린 잔디밭은 무척이나 아름다웠다.

"여기 있는 탁자식 고인돌은 한강 이북부터 중국 요녕까지 분포되어 있고 대표작인 이 돌은 길이가 6.4m, 폭 5.2m이며, 2개의 굄돌과 2개의 막음돌로 이뤄져 있습니다만 시간이 흘러감에 따라 없어진 것으로 추정되는데 아까운 자료이지요."

시종 동행해 주신 채병화 회장님(강화문화 홍보대사)의 설명이다.

뿐더러 유적지 한 쪽으르는 짚으로 만든 움집과 고인돌의 축조 과정을 보여주는 모형물이 설치돼 있고 돌아나오다 보니 우리의 것이 아닌 영국을 비롯한 6개국의 고인돌 모양도 설치돼 있어 이것들을 모아 설치한 강화군청의 슬기에 우리는 큰 박수를 보냈다.

연전 전북 고창에서 본 고인돌은 바둑판식으로 한강 이남에서 발견된다고 하며 역시 유네스코에 문화유산으로 등록되었다고 들었는데… 한반도는 고인돌의 메카인가?

시계를 본다. 오뉴월 긴긴 해라지만 멀리서 어둠이 깔려오고 있었다. 비록 걸으며 돌아본 기행이었으나 마무리할 시간이 되었다. 결산해 본다.

줄여 애국애족을 참답게 하는 길이 무언가를 체험했다.

힘없는 나라에서의 국왕의 처지, 고려 땐 대몽고전에 대비하여 수도를 이곳 강화로 천도하던 치욕. 섬나라 왜인의 강압에 의해 체결한 강화도조약이란 국치(國恥). 모두 강력한 국력이 있었더라면 이런 수모에 치욕을 당했을까? 하고 자문자답해 본다.

(2008. 6. 17)

암중(暗中) 트래킹

꿈과 현실—. 오늘까지 숱한 세월을 살아오면서 셀 수 없게 많은 밤들 가운데서 꿈을 꾸어 보았지만 바로 얼마 전에 꾸어본 1등이란 영광을 내 몸에 안은 행운의 꿈은 없었기에 지금 생각만 해도 혼자서 회심의 미소를 띄워 보곤 한다.

비록 현실이 아닌 꿈, 잠 속에서 보이는 현실적이 아닌 여러 가지의 사고(思考)의 상태라 하더라도 이제껏 이런 꿈은 가져보지 못했기에 다시 한 번 기대하고 바라기도 한다.

현실을 떠난 사고인 꿈이란 때로는 자애롭고 행복하게 때로는 전율할 공포의 극치에도 이르게 하지만 잡다한 인연이나 얽힘으로 생기는 시비, 선악, 증오, 갈등 관계를 일으키는 현실과는 괴리(乖離)가 있음을 모르고 하는 말은 아니지만……. 다시 말해 현실과 꿈 사이에는 메울 수 없는 심연(深淵)이 있고 이 심연 때문에 인간이 사는 이 사회가 진보 발전하고 있다고 서양의 어느 철학자는 말했다지만.

어둡다. 몹시 어둡다. 칠흑(漆黑) 같은 밤이다.

이른바 어디가 하늘이고 어디가 땅인 줄 구분을 못하겠다. 내가 일찍이 겪어 보지 않았던 이 지구가 태어나던 그 밤처럼 어둡다. 말로만 듣고 머릿속에 익혀 둔 혼돈의 그 밤이 어떠했는지도 모르고 하는 말이기도 하나……. 내가 어젯밤 꿈속에서 만난 밤은 태초의 그 밤처럼 어두웠다고 말하고 싶다. 이토록 어두움은 차츰 몸에 달라붙으면서 정일(靜逸)을 낳고 다시 신비로움을 낳는 탓인지 나는 내가 쉬는 숨소리조차 내 귀에 들리지 않는다. 이젠 이성도 감성도 얼어붙었는지 꼼짝달싹도 않는다.

이때다. 내 앞이 차츰 차츰 밝아지면서 내가 가야 할 길이 조그맣게 뚫린다. 내가 가야 할 길인지 아닌지 구별할 틈도 없이 일직선으로 내뚫린 외길을 걷고 있다. 내가 앞으로 나아가자 길의 폭도 넓어지고 내가 걷고 있는 여기 이곳의 어둠도 차츰 엷어지면서 내 앞으로 옆으로 뒤로, 왼쪽 오른쪽으로 나처럼 걷고 있는 많은 수백 아니, 수천, 수만의 인간의 떼를 보았다.

낮인 생시에 일력(日歷)을 뜯어냈으니 이 밤도 아직은 200X년 ×월 ××일 새벽 ×시 ××분이겠지. 어둠을 몰고 온 이 밤이 나에게 안겨준 숙명이리라.

나는 ××그룹의 임원이 되어 사원들의 극기(克己)와 담력(膽力) 양성을 위하여 실시하는 '사내 트래킹 대회' 에 참가하고 있음을 알았다. 어떻게 이 회사의 임원이 되었고 어떻게 누가 주선하여 이 트래킹에 참가했는지는 따지지 말자. 앞에서 이야기한 대로 이 밤에는 받아야 할 운명인지 숙명인지 모르기에 따지지 말자는 것뿐이고, 있다면 자다가 꿈을 꾸고 칠흑 같은 어둠이 몸을 감싸다가 이 길에 나를 데려다 놓으면서 어둠을 훑어가 내 자신을 발견하게 된 일이다.

여기에 있는 이상 내가 자의건 타의건 이 대회에 참가케 되었으니 유종(有終)의 미를 거둬야 하겠지, 하는 욕심에 내 몸의 체력의 한계(限界)도 다뤄 보고 싶은 야릇한 목적들이 내 몸 속에서 불타올랐다.

내 옆에 내 앞에 누가 걷는지도 알 바 없이 오직 체력이 닳아 없어질 때까지 걸었다. 때로는 속보로도 조깅으로도 규칙을 어기면서 앞으로만 나아갔다.

어둔 밤이니 누가 볼 수 없다는 계산도 하고서 나는 열심히 앞만 보고 걸었다. 일곱 시간 가까이 백리가 넘는다는 길을 걸은 셈이다. 사실 눈을 뜨고 꿈들을 모두 잡아 꿰매고 보니 먼 길임을 알았다.

하긴 그 사이 몇 갠가의 기둥이 늘어선 관문들을 통과했으니 이것들 모두 나에게 들리지 않는 소리로 '파이팅! 당신이 1등 주자요. 당신 앞에 누구도 없소' 하고 성원을 했을 것이나 나는 듣지를 못하고 오직 골인지점만을 향하여 그저 걸었다.

사실, 나는 이런 극기체험훈련은 이웃 일본에서 인성혁신 과정으로 성행하던 것이 얼마 전에 한국에 상륙하여 일부 기업체에서만 하는 줄 알았는데 나 같은 초로(初老)의 사람들에게도 행해질 수 있는 교육과정인 커리큘럼(curriculum)인 줄은 모르고 있다가 잠이 깬 뒤 이런 사실을 들었지만, 이 자리에 선 이상 꼭 참가해야 한다는 어둔 밤의 성화에 이끌려 처음 보는 어둠의 이곳에서 말없이 그저 걷고 걸었다.

어쨌든 첫 새벽 닭이 울지 않아, 어둠이 물러서지 않아 아직도 멀리 앞이 안 보이는 칠흑천지다. 한참 암중(暗中)의 야행(夜行)을 하다 보니 그래도 어둠이 조금씩 물러섰는지 저 멀리 희뿌옇게 보이는 군데가 있다.

"저 것이 ××강 줄기인 것 같으니 이 밤도 끝이 보이면서 이 트래킹도 막을 내리겠네요" 하는 남녀의 말소리가 내 뒤에서 들려온다.

다시 대퇴골에 힘을 넣어 빨리 걸었다. 앞에 사람이 있는지 모르나 이 뒷사람들에게도 줄서는 것은 큰일이라는 오기(傲氣)가 내 걸음을 재촉했다.

보인다. 멀리 강가에 늘어선 방갈로와 횟집들에서 새어나오는 불빛들은 제멋대로 물위에서 춤을 추어댄다. 흐트러지고 서고 눕고 비틀고 천만 개의 불빛들이 난무(亂舞)하고, 얼비쳐 물 위에서 흐트러지고 서 있고 춤을 추는 천만 개의 불빛들의 난무가 속세임을 짐작케 하고 있었다.

세상만사 모두 경주(競走)가 아니면 경쟁(競爭)이라고 말들을 하지만 이 경쟁에 뛰어 들어왔다는 자각(비록 꿈속이지만)으로 한 소리가 내 귓가에 와서 멈춘다. 그 소리 임자에게서 얼비치는 별빛 아래 이마 쪽에서 땀방울을 보았다.

"선생님, 오늘의 이 트레킹에 참가하려고 사전 준비를 3주 전부터 시작하여 가벼운 조깅에, 등산에, 줄넘기 등으로 단련시켜 왔는데…."

한 아가씨가 뒤에서 말을 한다.

"대체 몇 사람이나 이 밤의 끝을 잡고 걷는데요?"

"잘 모르겠는데요. 한 사오 십 명 되지 않을까요."

영원에서 와서 영원 쪽으로 사라지는 분초(分秒)는 열어지는 어둠 속으로 파고들어 드디어 멀리서 잠을 자던 닭을 깨워 울리고 만다. 산꼭대기로 달려 올라간 새벽이 어둠을 걷어가고 있었던 탓인지……. 내 착각인지 모르나 지금까지 보낸 시간이 6시간하고도 반이 넘을 듯하다.

이젠 보인다. 내 앞으로 아무도 걷지 않는다. 갈 길이 더욱 바빠진다. '어떻게 온 길인데…. 남에게 1등의 월계관을 뺏길 수 있나!' 하는 마음에 양팔에 양다리에 힘이 불끈 솟아오른다. 이제껏 내 몸을 감싸주던 새벽바람이 '축하합니다. 완주. 그리고 1등을 하셨습니다' 하고 격려하며 고무하는 플래카드의 환영 소식을 먼저 전해 준다.

눈앞에서도 「축하합니다」라는, 「완주 1등」이라는 현수막이 머리 위에서 나를 반겨 준다.

순간 "나도 해냈다. 운명아 비켜서라! 내가 나간다" 하고 목소리에 온 힘을 묶어 미친 듯이 포효(咆哮)해댔다. 거듭 포효했다. 옆에서 보았더라면 흡사 광인(狂人)의 울부짖음으로 보였으리라. 분명 이것은 꿈이 아닌 현실이었다. 잠 속에서 보았던 허상(虛像)들이나 허상들 같게 보이지 않았다.

꿈이면 깨지 말기를 바라는 마음 가득했지만 진정 이 보람 있는 순간의 기쁨을 영원한 순간으로 길이 간직할 수 있을까?

분명 나는 해냈다. 꿈속이지만. 그것도 완주만이 아니고 1등을 했으니 무엇이건 도전해 오라는 배짱이 내 머릿속에 현실로 바뀌져 온다. 바뀌지는 기적이 일기를 바란다.

누군 현실에서 이제껏 부도 귀도 1등을 거머쥐지 못한 불쌍한 인생인 나의 '단말마(斷末魔) 같은 몸부림' 이라고 손가락질할지 모른다.

꿈과 현실은 공존(共存) 못한다고 하더라도 최선(最善)을 다하라는 쪽에 투자할 가치는 있으니…….

(2003. 8. 22)

노(老) 박사님의 집념(執念)

– 대여란 있을 수 없다고

얼마 전(2011년 11월) 직지심경(直指心經)의 대모 박병선 박사가 위독하다는 소식을 들었다.

정말 안타까운 일이다. 같은 하늘 아래가 아닌 수만리 떨어진 프랑스이니 문병할 길도 막막하고 그저 쾌차하시기만 빌 뿐이다.

알다시피 프랑스가 1866년 병인양요 때 약탈해 간 우리의 문화재를 찾아오는 데 평생을 보내다시피 하셨고 지금도 집념(執念) 하나만으로 파리한 노구를 이끌고 프랑스의 도서관을 뒤져 '프랑스가 조선을 침노하다' 라는 책 저술 준비를 하다가 최근 병세가 악화되었다는 것이다.

필자는 집념이란 말을 글 속에서나 일상 대화 속에서 될 수 있는 한 쓰지 않으려 한다. 그것은 어떤 한 가지 일에만 눌러 붙어 그것만을 끈덕지게 머리에서 떠나지 않고 하는 생각인 바 아직껏 끈기가 적은 탓인지 집념을 쏟을 만한 일을 가져보지 못했기 때문이다. 함에도 말끝마다 집념을 전치사(前置詞)로 놓고 싶은 분을 알게 되었고, 이 분의 60년 집념이 결실을 맞아 국가의 큰 경사를 맞게 되어 집념을 축하드리고 싶어 이 글을 쓴다.

바로 얼마 전 강화도를 비롯해 광화문과 경복궁 근정전 앞뜰에서 전 세계의 주목받는 국가적인 의례와 환영 행사가 열려 이 분의 집념에 대하여 한없는 존경심 어린 치사에 치하가 여기 저기서 쏟아졌다.

1866년 병인양요 때 프랑스 군대가 약탈해 간 외규장각(外奎章閣) 의궤(儀軌) 298권의 일부가 대여(貸與) 형식으로나마 145년 만에 귀환한다는 경사(慶事)가 재불 서지학자(書誌學者) 박병선(83) 박사의 집념으로 이뤄졌다는 사실을 6월 13일 일간지들은 다음과 같이 크게 보도하였다.

—지난 11일 가마에 실린 의궤가 경복궁 근정전에 들어서자 장중한 궁중음악인 수제천이 울려 퍼졌고 무사귀환을 하늘과 땅에 고하는 고유제(告由祭)가 시작되었다. 오후 광화문과 경복궁에서 외규장각 도서의 귀환을 환영하는 '외규장각 의궤귀환 환영대회'가 성대하게 열렸고 광화문 광장에서 경복궁 근정전에 이르는 이봉(移奉)행렬로 이어 축제무드로 바뀌었다.

—이에 앞서 오전에는 용산 국립중앙박물관 브리핑 룸에서는 귀환환영식에 맞춰 4박 5일 일정으로 잠시 귀국한 박병선 박사는 휠체어를 타고 "말로 표현할 수 없다는 것이 이럴 때 쓰는 말일 것

같다. 우리의 의무는 아직도 남아 있다. 의궤, 다시는 프랑스에 안 가게 해야…. 우리 것 찾아왔는데 '대여' 라는 말을 없애기 위해서는 여러분들이 손에 손을 잡고 장기간 노력하지 않으면 안 된다" 고 말했다.

—이어 "지금은 병인양요 때 대장이 보낸 공문과 그때 보도된 모든 자료, 병사들이 귀국한 뒤 쓴 논문과 보도를 종합, 연구하고 있으며 내년에는 프랑스 영사관에서 일제 강점기 때 본국에 보낸 공문 중 독립운동 관련기사를 찾아서 한국의 독립운동사를 완벽하게 만들고 싶다" 고 앞으로의 할 일을 위한 집념의 의지를 내보이기도 했다.

노학자(老學者), 박 박사는 1955년 27세에 프랑스로 유학 가서 1967년부터 1980년까지 파리 국립도서관에서 근무하였고 이 도서관 서고 속에서 백년 넘게 먼지를 뒤집어쓰고 있던 '직지심체요절(直指心諦要節)' 을 발견했다. 이것은 고려 백운화상(白雲和尙)이 불교에서 선(禪)의 요체를 깨닫게 하는 명구(名句)들을 모은 것을 그의 제자들이 1377년 발간한 책이다. 박사는 세계동양학자대회에서 이 직지심체요절이 1455년 출판된 독일 구텐베르크의 '42행 서시' 보다 80년 앞선 최고(最古)의 금속활자본임을 입증해 국제적 공인을 받은 학자다.

1978년에는 파리국립도서관 베르사이유 별관 서고에서 1866년 프랑스군이 약탈해 간 강화도 외규장각 도서 298권을 찾아냈고, 퇴직 후에도 10년 동안 거의 매일 도서관을 찾아 298권의 목록을 작성하고 내용을 번역, 해제(解題)하기도 했다고 한다.

어찌 이런 일들이 집념 없이 할 수 있는 일일까!

지난해의 일이다. 박사의 집념어린 업적을 알리는 신문 보도를 보고 필자는 5월 29일과 6월 3일 촬영한 사진에 국내 보도물을 종합, 스크랩하여 수원 성빈센트 병원을 찾았다.

"뭐, 용인서 왔다고? 용인서 나 만나러 올 사람은 없는데……."

간병인에게 건넨 명함을 보면서 칸막이 뒤에서 나누는 말이 들리더니 이내 "들어오세요" 하는 소리를 따라 들어서니 파리한 노구(老軀)를 일으켜 세우면서 의아한 표정이다.

"나를 아세요?"하는 첫마디에 순간 '무례했구나' 하는 자괴심도 일었다. 사전연락도 없이 생면부지의 사람이 불쑥 나타나 문병(問病)이라니 의아해 함도 무리는 아니리라.

사실 필자와는 지연(地緣)에 혈연(血緣)도 없다. 다만 2009년 11월 재불 서지학자 박병선 박사가 자료 수집차 한국에 왔다가 암으로 쓰러져 수원의 성빈센트 병원에 입원 치료중이라는 기사를 읽고는 우리 문화재를 찾아낸 노 학자를 찾아가 쾌유(快癒)를 빌고 싶었으나 차일피일하다가 퇴원으로 실기(失機). 2010년 5월 초에 다시 입원했음을 듣고 두 차례 문병했다.

집에 돌아와 인터넷을 뒤졌다.

그의 의궤 발견소식이 있은 뒤 박사의 집념이 국내에도 알려지면서 외규장각도서 반환운동에 불을 당겨 국내시민단체인 문화연대가 2007년인가 프랑스 정부를 상대로 제기한 소송이 프랑스 법원에서 기각된 사실도 금세기 들어 한국, 이집트, 그리스, 인도 등 문화재를 약탈당했던 16개국이 뭉쳐 '문화재 보호 및 반환을 위한 국제회의' 도 지난해 4월 7일과 8일 양일간 카이로에서 열렸음도 알았다. 이런 반환시류에 따라 외규장각 도서 역시 한국과 프랑스 두 나라 고위급 회담으로 번져 비록 대여 형식일망정 몇 차례에 걸쳐 고국으로 돌아올 수 있었으니 이 일이 박사의 문화재 지키자는 애국단심(愛國丹心)의 집념이란 밑불이 없었더라면 가능했을까!?

지금도 그날의 일이 눈에 선하다.

두 번째 문병 때도 파리한 노구를 간병인에게 의탁하여 일으켜 세우면서도 "뭣하러 또 왔소. 고마워요. 사진에 내 기사까지 모아 파일을 만들어주니 고마워요. 어서 돌아가 남은 일을 끝내야 하는데……. 내가 좋아서 그동안 일을 해왔고 앞으로도 남은 일들을 마무리하고 싶을 뿐이요. 아무런 대가도 누구에게서나 동정도 바라지 않아요. 며칠 후면 퇴원승낙이 날 듯하나 다만 이 병든 몸 이끌고 열세 시간 넘게 비행기를 탈 일이 걱정되기는 하나…" 하면서 창밖을 내다보는 그의 눈가에서 늙어가는 아쉬움을 읽을 수 있었다.

(2011. 11. 4)

껌 자국 세기

글쎄, 현장에 가보지 않고 그 바닥에 떨어진 껌 자국의 개수를 세지 못하고 이글을 쓰자니 좀 멋쩍다.

하는 짓이나 모양이 격에 맞지 아니함을 모르는 것은 아니나 요즘 아닌 2009년 세밑에 용인농협 쪽에서 시작 시청 위쪽 경안천의 시작쯤 되는 금학천 3킬로미터를 걸어본 일은 있다.

경안천은 여러 지류에서 발원한다고 하니 하나는 문수산 문수샘에서 발원하여 문수계곡을 흘러내려 용인시와 광주시를 거쳐 남종면에서 팔당호로 들어가고(50km) 다른 것은 이동면 어비리 저수지에서 발원하여 능원천, 곤지천과 합류하여 남한강으로 흘러가는 팔당수계 BOD 평균 2~3급 수질의 하천이다. 용인시는 지난 2003년부터 2009년까지 경안천, 금학천, 오산천, 금어천, 성복천의 정화사업 및 환경개선사업을 실시하여 오늘의 단장된 금학천도 답사할 수 있었다.

이곳 용인에 이삿짐을 푼 지도 13년 전, 그 무렵 장날에 이곳 장에 오면 금학천의 둔치는 주차하고 점포 벌리고 해서 뒤범벅이 되어 장보기조차 무척 힘들었다. 이 경안천 정화사업은 팔당수계의 경기도민에 서울시민의 절실한 갈망으로 이뤄진 용인시의 장거(壯擧)였다. '어릴 적 멱 감던 옛 개울 되살리자' '수도권 2300만 주민의 젖줄 우리가 살리자' '팔 걷어붙이고 경안천에 새 생명을….' '경안천 사랑 축제에 모두 모이세요' 하는 '관민의 단합된 힘이 오늘의 생태 도시로 바꾸어 놓았다' 는 경안천 살리기운동본부장의 회고담은 뭉클한 감동을 안겨준다.

여기에 따른 정확한 계수(係數)나 소요경비는 실무자에게 맡기고 오직 껌 자국 찾아 금학천을 걷는다. 제 각각의 소리를 내는 양쪽 벽에는 모자이크, 명화, 민화, 표어에 각종 통계를 알리는 숫자와 그래프들이 산책로의 운치를 돋보이고 있다. 나열된 숫자는 그저 지나친다.

뒷날 답사기를 쓴 일도 있지만 시민에게 그날은 이 산책로가 개방된 지 며칠 안 된 탓인지 빨갛게 단장한 자전거 길과 파아란 산책로로 나뉘어 있어 사람의 발길이 아직 닿지 않은 길가 쪽에는 군데군데 파란 콜타르인지 아스팔트 덩어리가 눈에 띄었고 산책로 위에는 신발에서 떨어졌을 법한 흙먼지조차 찾아볼 수 없었다. 너무도 깨끗하다. 여기서 씹다 버린 껌 덩어리나 발에 밟혀 으깨어진 검은 점을 찾을 수 없었다.

하긴 '선진 용인. 세계 속의 용인으로 도약하려는 100만 시민이 사

는 용인인데……' 하는 치사와 함께 껌 공해로 골치 앓던 나라 안팎의 이야기 몇 개가 지난 옛 스크랩 위에서 오버랩 된다.

– '포토피아 81' 을 치른 중국은 각 파비리온의 입장객이 뱉어 버린 껌이 바닥의 양탄자에 달라붙어 비상이 걸렸고, 중국의 천진관은 특산의 천진 양탄자가 껌이 묻어 더러워지자 서둘러 천진으로부터 신품을 들여왔다. 또 달라붙은 자리를 베어내고 때우는 일도 많았고 '그저 입장객들에게 호소하는 수밖에 달리 해결 방도가 없다' 고 울상이었다.

바닥에 깔린 전체 양탄자의 1/3을 새것으로 교체하는데 당시 엔화로 100만엔이 들고 일본의 '파빌리온' (pavilion, 야유회나 운동회 때 쓰는 큰 천막)도 드라이아이스로 껌을 굳게 해 떼어내는 데 수십 만 엔의 청소 용역비를 지출했다고 한다. (1981. 6. 9. 마이니치신문)

–2008년 올림픽에 대비해서 중국은 40만 평방미터 크기인 천안문광장의 바닥에 달라붙은 껌 자국이 수백만 개에 이르며 사방 1m 크기에 보통 5개가 달라붙어 10월 14일에서 15일에 걸쳐 베이징시와 환경청은 '천안문 껌떼기' 안건을 놓고 회의를 가졌다.

하루 20~80명의 인부를 써 바닥 속까지 파고든 껌을 파내고 인부 하나가 하루 긁어내는 껌은 약 100그램으로(당시) 껌 1통 값의 절반이 드는 1.1위안(165원)이 들었고 껌 자국을 물로 씻어내는 데만 이탈리아, 독일, 일본제 청소차 32대에 일꾼 96명이 동원되었고, 70톤의 물이 소비됐다고 베이징 청년보는 보도하였다. (2002년 10월 17일, 한겨레신문)

–10년 가까이 시와 시민의 협조로 우리의 젖줄인 경안천이 깨끗이 살아

나고 있어 용인의 자랑거리가 되었으나 런던시민이 살려낸 시궁창 강(江), 템즈강 이야기 역시 타산지석일 수 있다.

"하루에 얼마나 많은 수건이 낭비되고 이를 빨기 위해 얼마만큼의 세탁비누가 사용되는지 아십니까? 그로 인해 템즈강이 오염됩니다. 다시 쓰실 수건은 바닥에 놓지 마시고 벽에 걸어주세요."

영국 런던 브리지 근처 타워 티슬 호텔. 이 호텔 객실에 놓인 영어, 일어, 독어, 불어 등 4개 국어로 된 쪽지다. 일회용 칫솔, 치약은 없다. 수도꼭지에는 이런 글이 쓰여 있다.

"이 물은 한 번 쓴 물을 걸러 정화한 중수(中水)이니 마시지 마세요. 그렇다고 함부로 버려도 된다는 것은 아닙니다."

전기 스위치 옆에는 '오늘밤은 너무 밝지 않은가요? (셰익스어)' 라고 적혀 있기도 하다. 호텔만이 아니다. 박물관, 백화점 등 공공장소라면 어디서나 이런 문구들을 볼 수 있다.

19세기엔 생활 오수와 산업쓰레기에서 나오는 악취로 국회가 문을 닫아야 했고 어지간한 탁한 물에서도 견딘다는 뱀장어마저 떠나버린 템즈강. 시궁창과 다를 바 없는 강물을 수십 년에 걸친 환경운동으로 살려냈다는 것이다.

1961년 하천 오물투기행위가 금지, 1963년엔 수자원법 제정, 1974년 공해규제법 , 물관리법 마련, 하천관리청신설……. 현재 템즈강에만 400여 개의 하수처리장이 설치되어 있어 하수 98퍼센트를 처리하고 있다. (1993. 10. 20. 조선일보)

하긴 2003년 12월 10일 그랜드캐년을 가는 길에 들른 콜로라도 강가 도시 라플린의 에지워터(Edgewater) 호텔 방에서도 물 아껴 써달라는 캠페인이 벌어져 손님에게 협조해 달라는 브로슈어가 있어 우리 부부는 깜짝 놀랐다.

"세계에서 물 풍부국가 1위를 달리는 이 나라가 물 절약 캠페인이라니…."

의아해 했으나 현지 교포의 말을 듣고 보니 물 아낌은 환경정화란 결론이 나옴을 알았고 이 브로슈어는 지금도 잘 간직하고 있다.

서울서의 일이다. 30년도 더 넘는다. 그날도 여느 날처럼 소공동 쪽으로 가려고 서울 시청 앞 지하상가 계단을 내려가고 있을 때 아줌마 대여섯이 조그만 칼로 검게 달라붙은 껌을 떼어내고 있었으나 전국 어디를 가나 사정이 너무도 많이 달라졌다. 여기 3킬로를 다 가도록 껌 자국을 볼 수 없었으니 하는 말이다.

이젠 건물이나 길이 밝아진 만큼 우리네 마음도 고와졌고 소리 내어 껌 씹고 아무데나 뱉는 시민 숫자도 준 것이 새삼스러운 일은 아니다. 한 사람이 버리면 뒤이어 따라 버리게 되어 자꾸 쌓이게 마련이나 아무도 안 버리면 자기도 버리기 주저함이 인간의 본성이다. 바로 영국의 범죄 심리학자 '제임스 윌슨'의 유리창이론을 되씹어 보게 되면서 산책하는 동안 시민들에게 죄짓는 기분이 들었다.

성숙된 시민의식으로 버리지 않는데 어찌 개수를 셀 수 있겠는가? 하는 마음이 들었다.

(2011. 9. 27)

늦게 안 부정(父情)

"종아, 어디 있니. 이리 어서 나와서 여꾸다리 약방에 가서 약 찾아오너라."

밖에 나가셨다가 들어오시면서 내리는 엄부(嚴父)의 분부다. 뒤꼍에서 마늘 다듬는 어머님 옆에서 새살떨던 나는 앞마당으로 뛰어나가 고개 숙이고 "예 알았습니다" 하고 약방 갈 차비를 차렸다.

내 마음을 잘 읽으시는 어머님은 뒤따라오시면서 "철식이 시키시지 왜 종이를 보내요. 철식인 다른 일 시켰어요?" 하고 대변하셨으나 "이런 심부름도 해야 하는 거여, 속 모르면…" 하고 가만있으라는 말이었다. '속 모르면…' 하는 말뜻은 무엇이었을까? 생각하며 원망어린 마음이 자꾸 들었다. 이 번 길이 두 번째다.

집에서 약방을 가자면 수련보 둑을 지나고 들판을 가로질러 애들 걸음으로 가고 오기 한 시간 남짓이다. 확 트이기는 했으나 바라보면 멀리 산 밑으로 까맣게 한 점으로만 보이는 면(面)이 다른 두 번째

동네다. 첫 번째로 소음방리라는 동네로 안쪽 길을 한참 걸어야 한다. 이 넓지 않은 고샅길가의 열두 대문 기와집 앞을 꼭 지나야 하고 이 집에는 소만한 큰 거멍이, 하양이 두 마리의 개에게 반드시 짖기 검문 아니면 먼저 기척을 알려 기억하고 있는 자기 냄새를 풍겨줘야 조용히 지나가게 한다. 아니면 트집 잡아 얼마 쯤 뒤쫓아 오면서 짖어댄다.

어른 아이 할 것 없이 이 두 놈의 횡포에 떨어 누구도 상큼한 기분으로 그 앞을 지날 수 없다고 소문이 난 개들이다. 밤낮으로 보는 동네 사람도 아닌 여덟 살짜리 나 혼자 그 집 앞을 오가야 하기에 이 코스를 지날 일이 무섭고 싫었다. 전번에도 두 마리의 덩치에 압도당해 오금이 땅에 붙다시피 해서 혼난 일이 있었다.

사실 아버지는 우리 형제 사이에서도 엄부로 알려져 한 번 하신 말씀은 심부름이라기보다 명령으로 받아들여져 누구도 바로 실천에 옮기지 않으면 불호령이 떨어졌다. 마루의 벽시계가 세 점을 쳤다. 해는 다녀와도 중천에 있을 시간이다. 수련보 둑을 지나 들판을 지나 소음방리의 그 집 앞에서 발을 멈추었다. 숨소리도 내지 않고 열려진 대문 쪽을 살펴보았다. 문짝 돌쩌귀 옆에서 배 깔고 누워 있을 두 마리 모두 보이지 않는다. '됐다, 후유—' 하고 한숨과 함께 달음질쳐서 이 아구리 속을 벗어났다 싶었는데 아니었다. 어디서 나타났는지 '으앙—' 하고 한 마리가 뒤따라오면서 뒷산이 찢어지게 짖어댄다. 금방이라도 내 뒤꿈치를 물어뜯는 것 같아 돌아보지 않고 '오금아, 나 살려라' 하고 뛰었다. 등에는 살짝 땀이 배였고 얼굴 여기저기서 땀방울이 흘러내린다. 얼마 안 가면 한약방이다. 심호흡을 두어 번 해 본다. 옷매무새도 돌아본다.

전번에도 약방 다녀오라 하시면서 "네가 어리지만 갓 쓰시고 한복 입고 계시는 할아버지나 망건 쓰시고 벼루 옆에서 글씨를 쓰시거나 아니면 책을 보고 계실 어른과 약장 앞에서 약봉지를 짓고 계시는 분. 네 둘째 형뻘 되는 젊은 분에게도 두 손 모으고 엎드려 공손히 절을 하라. 그리고 하시는 말씀은 잘 듣고 묻는 말씀엔 똑똑하게 대답해야 한다"라고 가르쳐 주셨기에 이번에도 두 어른에게 돌아가며 큰 절을 올렸다.

"네가 또 왔구나, 얼굴에 땀이 많이 났구나, 뛰어 왔니? 이것 먹고 있으렴" 하고 밀크 캬라멜 대여섯 개를 주신다. "참, 그 거멍이 때문에 네가 혼난 모양이구나. 내 금방 약 챙겨 줄 테니" 하고 붓을 벼루 위에 놓으시고 약제실로 건너가신다.

'사내 놈이 그까짓 개 때문에…' 하고 비웃으시는 것 같아 부끄럽기조차 하다.

세 줄로 펼쳐 놓은 약종이 위에 이것저것 약재들을 달아서 담더니 이것들을 하나씩 접어 두 줄로 쌓아 끈으로 단단히 묶어 들려주시면서 "갈 땐 혼자 가지 말고 가는 사람 따라서 가거라" 하고 갓 쓰신 노할아버지께서 마루에 서서 걱정해 주셨다.

토방에서 신을 신고 올려다 보며 "안녕히 계십시오" 하고 인사를 드리고 나왔다. 다시 그 거멍이 께에 와서는 신고할 것도 없이 사력을 다하여 달음질쳐 지나왔다. 집에 오니 손목에 단단히 묶인 약봉지 위쪽이 땀에 배여 촉촉하다. 긴장이 풀어진 탓인지 저녁도 먹지 않고 잠에 취해 버렸다.

그 뒤로는 엄부의 약방 심부름인 명령도 미치지 않게 ×× 시로 나와 중학교를 다녔다. 그저 막내로 어리광만 부릴 줄 아는 나를 '강하게 키워야 한다'는 아버지의 원려(遠慮)로 그런 명령을 내린 것을 오십년이 지나서야 알게 되었다.

지난 해 전주의 아석재(我石齋)를 찾았다. 반세기 만이다. 세월이 많이 스쳐 갔기에 망건에 갓 쓰시고 하얀 한복으로 의복정제하시고 손님을 맞던 호남의 거유 유재(裕齋) 송기면(宋基冕) 선생님, 망건을 쓰시고 묵화를 치시던 강암(剛菴) 송성용(宋成鏞) 선생님 모두 작고하시고 영정의 존영만이 나를 반겨 주신다. 약방 일을 돕던 ××선생은 전주의 명산(名産) 이강주를 따라 주시면서 한 마디 하신다.

"그땐 무서웠지? 그 거멍이 하양이 두 마리 개 앞을 지날 때마다 무서웠을 거야. 무서웠기에 자네 부친께서 담력을 키워주시려고 일부러 꼴머슴을 시키지 않은 거라네. 사내 녀석은 강하게 키워야 한다는 부친의 생각으로 두어 번 자네를 고생시켰다고 훗날 우리 약방에 오셔서 터놓은 비밀이야."

"그런 줄도 모르고 원망도 했습니다. 그런 속내가 있으신 줄 몰랐네요. 형의 말 듣고 나니 오십년 전 어머님 말씀에 '속 모르면…' 하고 말하신 궁금증이 풀렸네요."

멋쩍은 대답으로 채워진 술잔을 마시는 것으로 가름했지만…….

(2011. 6. 28.)

마른갈이의 푸념

땅히 말해서 논농사 때에 쓰이는 땅에 대한 말이다.

우선 땅이 무엇인가를 따져보자. 땅은 크게 보아 강이나 바다에 호수 등 물이 없는 지구의 겉면으로 흙과 돌로 이뤄진 부분(earth)을 말하니 이것은 생성(生成)에 있어서의 따짐이고 소유라는 개념에서 본다면 크게는 한 나라의 영토(territory)라는 것에서부터 나아가서는 사유지(private land)라는 뜻이고, 자기가 살았거나 자란 일정한 범위(place)로 예하면 ××지방이네 ××곳이라는 한정된 장소를 말하기도 한다. 또한 좁게 보면 논과 밭의 흙(soil)을 말하고 더 파고든다면 토양(land)을 말한다.

이토록 다양하지만 만약 이 땅이란 실체(實體)가 말을 할 수 있다면 더 많은 말로 뜻풀이를 해주었을지도 모른다.

저 태곳적 우주에 있었다고 하는 엄청난 폭발인 빅뱅으로 태양계에서 떨어져 나온 위성인 이 지구란 땅위에서 우리는 개체유지와 종족유지를 위하여 의 · 식 · 주를 의탁하게 되어 왔다는 말부터 시작하고 싶다. 이런 의탁 현상은 한결같게 이어져 오늘에 이르렀고 많은 세월, 수억 년 아니 수억 광년(光年)을 지나는 동안 땅은 몸 안에 품고 있던 석탄이네, 가스네, 석유네 하는 보물들을 우리 인간들에게 내보내주어 인간들의 의탁생활을 편하게 하도록 해 주었다. 이런 고마운 이야기는 비록 꼴을 달리했지만 또한 땅의 뜻풀이가 되고도 남을 듯하다.

지난 달 11월 23일 매스컴들은 우리 영토 안 동해의 물밑 바닥, 해발 1,800m에서 두께 130m에 달하는 불타는 얼음 '가스 하이드레이드' 층을 찾았다고 알려와 가스는 물론 기름 한 방울 안 나오는 이 땅에 낭보를 전해 주었다. 불원간에 산유국 대열에 끼게 되었으니 이것 역시 땅의 뜻풀이가 아니랴!

땅이 그들에게 석유를 내주지 않았던 옛날 낙타 등에 물건 싣고 사막을 누비던 캐라반의 후예, 아랍 민족들이 알라신 섬기기 이상으로 우리도 가벼운 흥분을 안고 꿈을 안겨준 땅에게 고마움을 표시한 것도 사실이다.

그러나 이 땅은 가끔 성나면 인간만이 아니고 이 지구상에 있는 모든 것들을 촌각에 종말이란 원점으로 돌려놓는 엄청난 힘을 가진 마물(?)들도 몸 안에 많이 가지고 있다.

하나를 든다면 빅뱅을 일으킬 만한 힘을 가진 우라늄 광(鑛)은 바로 지구 종말의 열쇠를 쥐고 있다고 모두들 전전긍긍하고 있다. 이럴 땐 땅이 저 희랍신화에 나오는 두 개의 얼굴을 가진 야누스로도 보인다.

땅 이야기를 하다가 빅뱅에 가스 하이드레이드 층에 야누스까지 들먹였으나 이 모두 땅이란 실체가 있었기에 인간들이 체험했건 앞으로 예상해 보건 편집자의 요청대로 우리네 선인들이 즐겨 찾던 막걸리 같은 텁텁한 흙냄새 물씬 풍기는 된장국의 구수함을 추억으로 불어주는 시골 땅 이야기로 가고 싶다.

저 남쪽 내 고향은 황금색 나는 옥토가 아닌 빨건 흙이 혓바닥을 내민 땅뿐인 박토로 가난한 한촌이었다.

그 무렵엔 땅을 가꾸는 일이 논밭에서 걷어낸 두엄자리에서 썩힌 두엄이나 뿌려주고 그 위에 씨뿌리고 긁적거려 가꾸다가 가을에 추수하는 것이 모두였기에 오늘날처럼 인산, 칼리, 질소의 3대 요소가 든 금비를 주기엔 힘이 부쳤다. 항상 배고픈 땅에선 많은 열매를 얻어 낼 수 없었다. 이에 덩달아 하늘도 잎 틔우고 자라고 열매 맺을 때마다 외면하기 일쑤였다. 가뭄으로 모든 것을 말라 죽게 했다는 말이다.

날마다 온 천지를 달구는 땡볕만 내쏘아대니 땅속에 숨겨두었던 물줄기마저도 걷어가 잦아들게 했다.

삼백년 가까이 이곳에 살아오면서 조상들을 모신 고향 땅, 면이네 군청에 향교를 찾아 항상 출입하시기에 바쁘신 아버님, ×천 섬 농사를 짓는 머슴을 아버님을 대신하여 감독하는 상리 할아범의 그 날의 사랑채에서 들려오는 목소리는 가뭄에 말라 버린 논바닥처럼 갈라져 들려왔다.

"야 순동아, 고라실 논배미에 있는 자새 떼어다 육도목 논 귀챙이에 대고 갑근네 아빠랑 물을 품어 올려라. 내일은 비가 오건 안 오건 모를 내어야 하겠다. 참, 고라실 논은 뿌리박기를 시작했더냐?"

더 이상 듣지 않아도 알 만하다. 고라실 논은 이레 전엔가 모내기를 했고 육도목 논은 마른갈이 논이다. 나도 순동형 뒤를 졸래졸래 따라가 보았다. 작년에 벼를 베어낸 뒤 얼마 뒤 얼룩박이 황소가 갈아 뒤집어 놓았다. 그 뒤 가뭄이 이어졌고 겨울에도 흐벅지게 눈도 내리지 않아 '마른 동지' 까지도 보내고 말았다. 흙속에 박힌 벌레들은 말라죽었을 것이고 창자를 드러낸 논바닥 땅은 부슬부슬 부서져 내려 바람이라도 불어대면 흙먼지를 일으켰다.

눈도 없는 삼동(三冬)을 카랑카랑하게 보낸 논바닥은 새봄이 왔으나 하늘은 끝내 모른 체 봄 날씨답잖게 땡볕만을 쏘아댔다. 농사엔 때가 있는 법. 때를 놓치면 실농(失農)하기 마련. 할아범의 성화로 수렁배미 텃논의 못자리판의 모는 제법 자라 모내기할 정도에 이르렀으니 육도목 논에 물 대라는 명령이 나올 만도 했다.

자새가 토해내는 한 동이 요량의 물은 조금씩 조금씩 논바닥을 적셔 들어가나 한 자락은 논바닥이 낼름 핥아먹고 남은 한 자락은 뒤집어진 흙덩이의 등쪽을 어루만지기도 힘겨워 했다. 힘겹게 올라온 누런 물이 논바닥에 팔을 뻗혀 보나 조그만 바다는 쉽게 그 판도를 넓히지 못하면서도 이어 들어온 물은 흙덩이를 껴안으려 하나 이내 피시식 소리를 내며 흙 거품을 일으키며 그들만의 대화를 물속에서

나눈다. 뽀그르 뽀그르 하고.

새참 때를 알리는 서울 가는 세시 기차 소리를 듣고 손바닥만큼씩 넓혀가는 논바닥을 뒤로 하고 집에 돌아왔다. 해거름 판에 감농을 끝내고 돌아온 할아범 말.

"아무리 농사를 잘 지어 보려고 땅을 달래 보나 하늘이 응감을 안 해 주니 올해 농사도 망칠 듯합니다 하고 마른갈이 논, 육도목 논배미가 푸념을 하더구나……."

"할아지 응감이 뭐래요?"

"응감이라. 하늘이 비를 안 내려준다는 말이지……."

마음이 통하여 느끼는 것이라는 응감이 그때 그의 뜻풀이가 옳건 그르건 만사는 돌보아주는 게 있어야 하지, 자기 뜻대로 이룰 수 없다는 말로 들려 왔다. 비록 그것이 땅과 하늘이란 조물주가 서로 얽어 놓은 미묘한 관계라는 생각으로 많이도 이 말을 새겨오면서 지난 날들을 살아왔다.

이 말도 고희를 넘기고 보니 바랜 말이 되고 말았지만…….

(2008. 3. 15.)

2부

두 아버지의 명령

'멜팅 팟' 민족 예찬(禮讚)
두 아버지의 명령
소복(素服)한 여학생의 두 마디
쇄서(曬書)와 우란분(盂蘭盆)
구리광산과 몰몬교
그곳의 그 코스모스
'아마겟돈' 의 후일담(後日譚)
여름방학의 추억
처인성(處仁城)과 법륜사
흑백불분(黑白不分)

'멜팅 팟' 민족 예찬(禮讚)

이제는 먼지가 켜켜이 쌓인 옛 이야기일지 모른다.

요 근래에는 안 가본 지 30년이 넘어 그쪽 사정이 얼마큼 변했는지 모르나 태국의 방콕에 들렀을 때 교포 T사장이 들려 준 이야기다.

"얼마 전 관광객 한 쌍이 시내 극장에서 본 영화 상영에 앞서 가지는 의식(儀式)으로 국가(國歌)를 연주하는데 입장객 모두 일어나 경건하게 경청하면서 국가(國家)의 존엄성을 가슴에 새기고 있었는데 이 한 쌍의 외국인이 일어나지를 않고 있음을 보고 태국의 젊은이들이 멱살을 잡고 끌어내 실컷 두들겨 패 주었고 태국 경찰은 외국인에 대한 폭행죄를 묻기보다는 이들 젊은이들에게 포상까지 한 일이 대대적으로 신문 보도된 일이 있었어요."

"외국 사람을 때리고 그것을 포상하고… 무엇이 잘못 된 거 아니어요?"

"아니지요. 이 나라 사람들의 국기(國旗)나 국가에 대한 열광도(熱狂度)는 우리의 상상을 초월한답니다. 보아서 아시겠지만 이 나라 사람들 걸 수 있는 벽이나 기둥만 있으면 국왕 내외의 사진이 나란히 걸려 있음을 보아도 알 만하지요. 프로팅마켓의 수상가옥에도 걸어놓고 아침저녁으로 경배(敬拜) 드리니… 조금은 우리네들과는 다르다고나 할까? 이 나라 국민들의 국자만 들었다 하면 무조건 경배하는 민족성은 우리 모두 배울 점 큽니다" 하고 궁둥이 달라붙고 가느다란 몸을 가진 슬림형인 이 민족의 존경할 만한 점을 말해 주었다.

하긴 우리도 영화관에서 한때 제1, 2, 3 공화국 땐가는 본 영화 상영 앞서 보여주는 「대한뉴스」 시간에 화면 가득히 태극기가 휘날리며 배음(背音)으로 애국가가 울려 나올 때면 모두 일어나 경건한 마음으로 내 조국, 내 민족을 챙겨 보는 순간이 있었는데, 언제부터인지 모르게 슬그머니 사라졌지만…….

국기나 국가, 생각하면 생각할수록 그 앞에서 고개를 숙이고 자기의 할 바를 착실히 하고 있는가를 자성하며 경건하게 맞아야 할 국가의 상징임이 분명하다.

3년 전 미국 여행을 두어 달 걸쳐 할 때 이곳저곳을 다니면서 빠짐없이 만나게 되는 성조기를 보고는 잊지 않고 꼭꼭 챙기는 이 민족의 끈질긴 민족성을 읽을 수 있었다.

이 무렵 일망무제의 너른 들 와이오밍주의 위를 비행기로 날면서 내려다본 아래의 세계는 산등성이나 냇가, 골짜기 옆에 달라붙은 집들이 드문드문 보였다.

한결같이 이런 집들 처마 밑이나 마당가에는 보는 이 없을 듯한 미국의 국기 성조기가 하얀 햇빛을 받아 눈부시게 펄럭거리고 있음을 보았다.

뒤에 들은 바에 의하면 대개가 퇴직한 은퇴자의 한가한 외딴집으로 누가 사는지, 찾아오는 사람 몇이나 있는지? 누가 걸고 누가 거둬들이는지 모를 성조기들의 만남.

'이네들처럼 국기 걸기 좋아하는 민족도 드물 거야, 어떤 형태로 건 건물이 있으면 성조기를 볼 수 있으니' 하고 혼자 되뇌어 본다.

달리는 차창으로 밖을 본다. 모든 것이 죽은 듯 한가로움만이 찾아드는 이 집에서 생동하는 것은 구름과 이야기하고 바람과는 서로 힘을 겨루는 성조기.

그 밑으로 조용히 소리 없이 도란대며 흐르는 도랑물, 때대로 달려든 햇빛을 받아서는 성조기 전면에 무지개를 그리는 미국 농장을 관리하는 외딴집.

성조기를 가는 곳마다 만나 잠깐 적어본 국기 촌감(寸感)이지만 오직 이런 민족성이 미국의 저력(底力)이 되는 본바탕을 볼 수 있었다.

저력이란 간직한 끈기 있는 힘을 말한다지만 특히 미국민들의 이러한 국가와 국기에 대한 존경의 마음을 사우스 다코다주의 러시모아 산 속에서 행해지는 의식(儀式)을 보고 나서다.

이 산에는 오늘의 미국으로, 세계 속에 부상시킨 역대 공로자, 네 대통령의 얼굴상(The Great Stone Faces)이 있다.

미국 건국과 연방정부의 기초를 다진 제1대 조지 워싱턴(1732~

1797) 대통령을 비롯하여 국기(國基)가 되는 독립선언서를 기초하고 루이지아나주를 프랑스에서 사들여 국토를 확장시킨 제3대 토마스 제퍼슨(1743~1826) 대통령, 그리고 남북전쟁을 승리로 이끌어 노예를 해방시킨 제16대 아브라함 링컨(1800~1865)과 20세기 미국의 세계적 역할을 제시, 자원보호에 앞장선 26대 시어도어 루스벨트(1858~1919) 대통령 등의 얼굴상이 조각되어 있어 매년 3백만의 관광객이 찾는 명소라기보다 성소(聖所)다.

이곳은 무척이나 귀빠진 곳으로 LA에서 국내선을 타고 솔트레이크시를 거쳐 래핏시까지 가서 다시 버스로 두어 시간을 달리는 곳으로 편도만 3천 킬로가 넘는 먼 곳이다.

미국하면 나이아가라 폭포나 요세미티나 그랜드캐년에 디즈니랜드쯤이 빼놀 수 없는 관광 메뉴이나 나는 중학시절 영어책에서 배운 기억을 되살리고 싶어 불원천리하고 30년 만에 찾아갔다.

자연석 45만 톤이라는 엄청난 돌을 깎아내어 1,840m의 고산지대이나 깎아지른 절벽 위에 있는 얼굴상들, 얼굴 길이가 18m, 코 높이가 6m, 눈 길이가 3m, 입 크기가 5m로 1927년 8월에 시작 1941년에 준공을 보아 햇수로 14년, 실제공사기간은 6년 6개월 걸린 조각가 '굳존 보글럼' 부자의 2대에 걸친 작품이다.

바로 그 밑에는 노천 원형극장의 층계식 좌석들이 배치되어 있고 밤 여덟시만 되면 여기저기서 위에 있는 석상에 불빛 줄기들을 보내어 조명함으로써 신비, 숭엄, 경건, 존경, 숭모의 생각들을 관광객들이 갖게 한다.

나 역시 이 밤의 웅장하고 신비스러운 장관(壯觀)에 몰아(沒我)의 경지에 몰입(沒入)해 보려고 시간에 맞췄다.

2003년 7월 3일 오후 7시 50분. 세계 각지에서 몰려든 관광객들로 흡사 인종전시장 같은 이 속에 황색인종으로 참여했다.

여덟시 정각이면 어둔 이 석상들이 불을 밝혀 일시에 환해지리라 기대했으나 벗어나고 여덟시 정각부터 이른바 점등의식(點燈儀式)이 시작되었다. 원형극장의 높고 낮은 의자를 꽉 메운 사람들 사이로 여기저기에서 가느다란 실 같은 희미한 불빛 줄기가 비쳐 나오더니 점점 굵은 줄기가 되면서 아득히 보이는 위에 있는 석상들을 비추기 시작한다.

아래쪽 진행부나 위쪽의 얼굴상이나 직선거리로 따지면 족히 천 미터는 넘을 먼 거리다.

이 순간 저 아래 진행부 쪽에서 마이크가 울려오기 시작한 듯하다. 먼 거리에 있는 내 귀에 무슨 소리들이 들려온다. 조용히 무슨 선언문 같은 것을 낭독하기 시작한다.

미국의 독립선언문 같기도 하고…, 박수도 없이 조용히 장중하게 끝나자 다음으로는 장엄한 듯하면서도 흥겨움을 참가자 모두에게 안겨주는 미국 민요가 밤하늘을 차분히 흔들어 놓는다. 이어 미국의 국가(國歌)가 고운 소프라노의 아리따운 여인의 목소리를 타고 온몸을 감싸면서 울려 퍼진다. 마지막으로 여기 새겨진 네 대통령의 각각의 프로필이 소개되었다.

최소로 짧게 잡아도 30분은 걸리는 의식이었다.

나는 이 의식이 행해지는 동안 비록 남의 나라 일이고 남의 나라 국기 앞이고 남의 나라 국가를 들으면서도 나도 모르게 옷깃을 여미지 않을 수 없었다.

생각해 보았다.

밤에 불을 켜는 일은 당연하다. 인간들이 불을 발견한 뒤부터 늘상 하는 일로 하찮은 일로 여기기 쉬움도 사실이다. 하지만 미국민은 이 자리에서도 쉽게 불을 밝히기 앞서 이들에게 국가(國家)는 나와는 어떤 관계를 이루며 국가(國歌)는 무엇이고 국기(國旗)는 어째서 존중해야 하는 국가관을 일깨워주기 위해 훌륭한 리허설을 하고 있었다. 이것을 하나의 연기(演技)로만 볼 수 있을 것인가? 아니면 그저 해보는 퍼포먼스로만 보아도 좋으냐고 묻기보다는 어떤 사람의 눈에는 이 점등의식이 하찮게 보일지 몰라도 바로 미국의 저력의 밑바탕이 되는 것임은 누구도 부정 못하리라고 단언하고 싶었고 아메리칸들이여, 그대들은 위대한 민족이여! 하고 예찬하고 싶었으나 누군 이렇게 당위론도 편다고 들었다.

이 아메리칸들은 소수의 민족들이 모여 용광로 속에서 녹아 한 덩어리가 된 '멜팅 팟' (Melting Pot) 민족이기에 이런 의식이 꼭 필요하다고…….

(2006. 6. 28.)

두 아버지의 명령

– 대통령 아이젠하워와 장군 밴프리트의 아들 이야기

'분노한 청춘' 들이 해병대로 몰려들고 있다. 한 달만 늦었어도 나이 제한에 걸릴 뻔한 최고령 지원자인 인기 배우 현빈이 해병대 지원 연령 제한선에 걸리기 직전 지난해 12월에 지원하여 화제가 되었고, 이보다 앞서 O군은 영국으로 조기 유학 가서 고교를 졸업했다. 영국에 눌러 앉으라는 유혹도 많았으나 "연평도 포격사건을 보니 가만 있을 수 없었다" 며 해병대를 지원했다. 연평도 사건 이후 병무청의 자료를 보면 해병대 지원율이 4.5대 1로 사상 최고였다고 하며, 연초의 '아덴만 여명작전' 에서 개가를 올린 해군특수전여단(UDT/SEAL) 역시 올해 병사 모집에도 지원자가 3.5대 1이었다고 한다. 연초 어느 모임에서 들은 것도 유학생 이야기다.

"아버지, 연평도가 아니 한국이 북한의 무차별 기습 포격으로 전쟁이 일어난다니 공부 중지하고 귀국해서 전쟁에 나가야 하지 않겠습니까? 공부도 좋지만 나라가 있어야 공부도 빛나지 않나요? 여기

선 한국에 전쟁난다고 연일 술렁이고 있습니다."

"무차별 포격은 있었으나 국지전으로 전쟁으로 치달을 것 같지 않다. 조금 시간을 두고 보자꾸나. 사태가 악화되면 연락하겠으니 달려오도록 해라."

부자간에 오간 전화 이야기다. 듣고 난 나는 가슴이 뭉클했다. 미국 가서 공부하고 있다는 P군 이야기로 3년 전엔가 본 일이 있는 건장한 키에 떡 벌어진 가슴하며 부리부리한 눈에서는 예기(銳氣)가 흐르던 미남으로 기억된다.

필자는 적지 않게 많은 세월을 살아오는 동안 온갖 세파에 시달려 온 탓인지 웬만한 이야기를 듣고선 그 날처럼 큰 충격을 받지 않았으나 만난 적이 있는 늠름한 P군의 모습이 내 눈가에 어른거린다.

지난 해 11월 23일 연평도가 무차별 포격 당하여 주민들이 대피 아닌 섬에서 맨몸으로 피신하고, 청와대와 여의도 쪽에선 보복공격이냐 유엔 안보리에 제소하느냐로 신경을 곤두세우고 있었고, 전세계 매스컴들도 온통 시선을 연평도 현지에 쏟고 있었다.

앞의 통화 이야기가 듣는 사람에 따라 다르겠지만 국가의 명운이 경각에 놓였을 때 일신의 안위를 돌봄 없이 전선으로 달려가겠다는 그 애국심이 가상(嘉尙)타 아니할 수 없다. 사실 군대란 국가의 간성을 기르는 조직체이다. 여기를 거치면 지(智) 정(精) 체(體)를 완비한 하나의 인격이 형성되어 나오는 도장이라 말들 하지만 자유분방하게 생활을 하다가 입영하여 하나의 국방의 방패가 되기까지엔 수많은 시련과 고통도 뒤따른다. 얼핏 생각하면 두렵기조차 하다. 이래서 적령기를 앞둔 청소년들에게는 달갑잖은 조직으로 비쳐져 일부에서는 국민의 의무를 망각한 체 스스로 자해하고 허위진단서로 칭병하고 종교를 내세워 징집을 면탈하기에 급급하여 사회적인 문제로까지 번지고 있음은 어제 오늘의 일은 아니다.

생이를 뽑고 어깨의 뼈를 으스러뜨리고 손가락을 자르고 체중감량을 위해 약을 먹는 자해행위, 돈으로 인맥으로 심지어는 종교에서 집총을 거부하라는 계명을 지키겠다는 청소년도 나와 입영을 면탈하려는 작태 등은 이루 헤아리기 힘들다. 하긴 저 위로부터 아래 구석구석까지 자주국방을 들먹이지만 '윗물이 맑지 못한데 어찌 아랫물이 맑을 수 있느냐' 하는 소리도 폭넓게 나오고 있으니 면탈하려는 책임이 우리 기성세대들에게도 없다고 말할 자 있겠는가!

하지만 이토록 잡다한 주변 환경을 걷어차고 빛나는 조국의 내일을 이룩하기 위하여 정일(靜逸)한 상아탑에서 조국의 전운 소식을 듣고 일약 참전하겠다는 P군도 있으니 조국의 운명을 이들에게 맡겨도 된다는 자위감도 생겨난다. 정말 금권, 관권, 인맥에 종교까지 들먹여 국방의 의무를 남의 일로만 착각하는 일부 몰지각한 청소년들은, 설령 일부의 기성세대들은 그랬다 하더라도 오늘을 사는 2세들은 각성해야 할 것이다. 더 기막힌 현실은 「×××의 ××」이란 종교단체에서는 집총 거부만이 충실한 교주의 종으로 사는 길이라 하여 병역을 면탈하면서도 인권에 신앙의 자유를 무시한다 해서 법정으로까지 몰아가고 있는데 그대여 진정 이 나라 국민이냐고 묻고 싶다.

인명이란 소중한 것. 몇 천 억 겁에 걸쳐 환생할지 모르는 초로 같은 인생 같다고 하며 천명(天命)을 받고 천수(天壽)를 누릴 때까지 자기의 목숨이 귀함은 '호모사피엔스' 라면 누구나 가지고 있다. 내 생명 귀한 만큼 남의 생명도 귀하게 존중하라고 서양의 한 철인은 말했지만 이 나라를 안고 갈 2세라면 나라의 국방을 남에게 맡겨서는 안 된다는 신념으로 살기 바라며 6.25 전쟁이 남긴 생명의 존중함을 일깨우는 비사(悲史)를 소개한다.

맥아더 극동군사령관이 만주 폭격을 주장하다 트루먼 대통령에게 밉보여 해임되고 후임으로 리지웨이 장군, 다시 후임으로 밴프리트 장군이 주한 미군사령관이 되고 아들 지미 밴프리트 대위도 참전 B-26 폭격기의 조종사가 되어 1952년 4월 2일 평안남도의 순천 등지를 폭격하고 돌아오다가 행불, 수색작전이 전개되었다. 밴프리트 사령관은 수색을 즉각 중지토록 명령, "내 아들이지만 수색하다 보면 작전수행에 지장을 가져오고 많은 사람이 희생된다" 고 하여 다른 미군 병사들의 생명을 지극히 아꼈다. 1952년 12월 노르만디 상륙작전의 영웅 아이젠하워가 미국 대통령으로 방한하여 밴프리트 장군의 영접을 받고 "내 아들 어느 전선에 근무하오?" 하고 묻고는 "후방으로 돌리세요" 하고 말하자 주위 사람들은 "제 자식만 챙기는군" 삐죽대며 소근거렸다. 그리고 "내 아들이 전사하면 좋지만 만약 포로가 된다면 되찾아 오느라 많은 희생이 뒤따를 것이고 적들은 아들 놓고 흥정하려고 할 가능성을 없애자는 것이요" 하고 말했다. 밴프리트 장군이나 아이젠하워 대통령이나 두 사람의 명령 모두 한결같게 인명 존중사상의 깊음을 느끼게 한다.

크라크 사령관 아들도 대위로 한국전에 참전한다. 생각해 보자.

모국도 아닌 만리타국 전쟁에 참전하여 행방불명이 되거나 부상 끝에 사망하였다는 사실은 인명을 소중히 여기는 '민주주의를 위한 귀중한 희생' 이니 이 땅의 병역 미필자나 면탈자들은 자기의 가슴에 손을 대고 심장박동이 들리는가 멈췄나 하고 지금 당장에라도 자가진단을 해 보라!

통계에는 한국전에 참전한 유엔군 장성들의 아들 142명 가운데 35명이 전사했다는 사실을 이 나라 병역 면탈자 못지않게 위정자들도 기억하기 바란다.

(2011. 2. 13)

소복(素服)한 여학생의 두 마디

1992년 8월 24일—. 그리고 오후 4시—.

이 날을 눈여겨보았거나 자기 주변이나 신상에 큰 일이 없었다면 우리 모두 여느 날처럼 보냈을 것이다.

필자 역시 평범한 한 시민으로서 생업으로 그날의 24시간을 깔축없이 착실히 보냈다. 굳이 말한다면 소속된 ××부 ××과에서 맡겨진 일과를 충실하게 한 이른바 '루틴 잡' 을 수행한 하루였다.

물론 16년이 지난 이날에도 나라 안팎으로 크고 작은 일들이 있었겠지만 기억을 되살리기는 어려운 일이다. 특히 나라 안팎에 걸쳐 정보와 첩보를 주워 담는 일들을 해오던 필자에게도 머릿속에 얼른 떠오르는 일이 없었다. 하는 일에 따라 그 비중이 각각 다르지만.

헌데 지난 5월 30일 ××일보는 이 날에 일어난 일과 연관하여 최근의 일을 보도하고 있어 새삼스럽게 이 날로 기억을 끌어 올려 주었다.

'서울 중구 명동 83-7번지 주한 대만 대사관의 마지막 날' 이었다는 머리기사다.

사실 명동 초입에 들어서서 서너 발 옮기다가 오른쪽으로 꺾어 오르다 보면 긴 골목길이 나타난다. 길 따라 양쪽으로 시작된 올망졸망한 가게들, 그리고 그 앞에 늘어선 네 바퀴 달린 조그만 이동점포들이니 도장포, 중국 담배집, 라이터와 만년필에 시계 고치는 점포, 양담배와 껌 파는 코너집, 그 옆으로 때 묻은 붉은 천 문걸이를 내건 짜장면 집, 군침 돌게 하는 김이 모락모락 나는 빵집. 다시 골동품에 증권가게, 울긋불긋한 딱지가 문기둥에 붙은 우황청심환, 무좀약, 지사제, 동그란 쇠곽에 담긴 고약을 파는 약방 등 즐비하게 늘어선 중국 사람 가게들은 한참의 구경거리로는 충분했다.

이날은 가게들도 문을 닫은 채 문 위로 내건 붉은 베조각들만 골목길을 훑고 가는 바람에 하늘거릴 뿐 숨조차 죽이고 있었다.

계속하여 남산쪽을 향해 걷다 보면 높다란 담벼락만이 이어지다간 육중한 문각(門閣)의 대문이 반쯤 열린 채 양쪽으로 아무런 표정을 주지 않은 마네킹 같은 입초를 안고 있다. 문 저쪽에서 이따금씩 남학생 여학생의 목소리가 들려왔고 열린 대문 안으로 드나드는 사람은 보기 어려웠던 이곳. 이 큰 기와집이 바로 주한 대만 대사관이었고 어쩌다 그 앞으로 지나다니며 보아온 그곳의 모습이었다.

이 거각(巨閣)이 명을 다해? 문이 굳게 닫히던 날, ××일보가 말하는 그날의 명동을 간추려 옮겨 본다.

"오후 4시. 그날 명동의 하늘은 유달리 눈부시게 맑았다. 대사관

정문 게양대에 걸려 있던 국기가 서서히 내려가자 국가를 연주하던 밴드부 여학생들의 어깨가 들썩이기 시작했다. 좁은 골목길에 두 줄로 서서 빨강, 파랑 바탕에 하얀 태양이 그려진 작은 국기인 청천백일기(青天白日旗)를 흔들던 여학생들의 눈가에 이슬이 맺히고 목이 메었다. 부르는 국가는 흐느낌으로, 다시 통곡으로 바뀌었다. 여기 한성화교학교(漢城華僑學校) 여학생들의 하얀 교복은 마치 국상을 치르는 여인들의 소복(素服)처럼 애처로워 보였다."

마치 필자도 그 자리에서 그 광경을 본 것처럼 그 기사 속으로 빨려들어 가면서 '국익을 위해서라면 이렇게까지도……, 아니 그보다 국력이 약해서' 하고 울먹이는 여학생들의 두 마디가 들려오는 듯한 착각에 사로잡힌다.

필자가 국제간의 역학관계를 연구하는 권위자나 학자가 아닌 이 분야의 문외한이나 기록들을 들춰보면, 중국은 아시아의 네 마리 용으로 등장한 한국의 저력을 주목 1985년부터 등소평은 외교부 관계자들에게 금후 한국과의 관계발전이 필요하다고 강조해 왔고 본격적인 수교교섭은 1991년 11월에 서울에서 있은 제3차 아태경제협력체(APEC) 외무장관회의 때 수교케 됨으로써 거래처인 교역국이 대만 섬나라가 아닌 중국 대륙으로 옮겨졌다. 바로 명동 대사관 게양대에는 오성홍기(五星紅旗)가 내걸리게 되었던 것이다.

대만은 한국을 '이단자네, 변절자네' 하고 원망했지만 국력을 핑계 삼는 국제 역학관계에서 밀려났음은 사실이다.

'국력' 하는 소리를 들먹이다 보니 열두 살 초등학교 4학년 때인

1945년 8월 15일 여름방학 때의 일이 생각난다.

해방되던 그날은 날마다 동쪽 하늘을 시커멓게 가리며 마구 폭탄을 쏟아 붓던 'B29' 비행기 소리도 듣지 못한 채 집 앞 모종에서 동무들과 더위를 피해 놀고 있는데 주재소 급사 갑식이가 달려오면서 외친다.

"이장님 어데 계시나요. 알려야 하는데 방금 열두 시 방송에서 일본이 연합군에게 무조건 항복한다고 일본의 긴죠(今上) 천황이 나와서 방송했답니다."

어른들이 "우리는 이제 해방되었다, 연합군 환영하러 나가자" 하고, 평고는 "온 동네가 잔치마당으로 바뀌었습니다. 산 너머 똠의 반장에게도 알려야 합니다" 하고 넘어 갔다. 이어 평고의 주재소 순사들과 금융조합장과 이사들도 짐 보따리 싸들고 부산 쪽으로 떠나기 시작했다는 소식이 뒤이어 들어 왔다. 오스미 농장의 일본놈들은 울음바다가 되었고 읍내 경찰서장은 자결했다는 소식도 연이었다. 흥분과 기쁨 속에서도 다음날 아침은 돌아왔다.

지난 36년 동안 일본인 교장들은 조회시간 때마다 '일본이 우리나라다.' '히로마루는 국기다.' '덴노헤이카 덕분으로 편안히 산다.' '멸사봉공' 이란 구호를 외우게 하면서 내선일체(內鮮一體)를 부르짖어 다 같은 일본 천황의 적자라고 외워대면서도 많은 민족차별을 해오고 있었다. 무조건 항복의 소식을 들은 그날의 일본 놈들의 눈알은 모두 죽은 생선 눈깔만큼 희끄무레하고 두려움이 눈가에 가득했다고 기억된다. 행여 조선 사람들이 들고 일어나 죽이거나 해치지나

않을까 하는 두려움 가득 안고 "못된 짓 용서하세요. 이걸 받으시고 우리 가족 다치지 않게 돌려보내 주세요. 제발 이것들 맡으시고…" 하고 아버지를 찾아와 애원하던 사또와 오즈미 농장의 주인들의 풀 죽은 용서 소리와 대만 여학생의 두 마디가 서로 엇갈려가며 지금도 내 머릿속을 뒤엉키게 한다.

대만과 일본, 이 두 나라의 경우는 다르다.

대만은 국익 좇는 배신자 한국 때문에 단교(斷交) 당한 서운함이라면 일본은 힘으로 빼앗아 살던 땅에서 쫓겨날 때 죽일까, 보따리 뺏길까 하는 두려움이 있어 그 당시의 모습만으로는 비교조차 할 수 없다. 각각 다르기에 비교란 말 자체가 어설프다. 하지만 한국과 대만 두 나라 사이에는 자의 반 타의 반으로 대만을 섭섭하게 했다고 들리니 지난 2월 25일 이명박 대통령 취임식 때 "대만 대표단이 취임식장에 들어오면 우리가 불참한다"는 중국의 압력에 못 이겨 축하사절로 온 대만의 국회의장 일행을 문전박대하기도 했다.

그러함에도 중국과 대만은 내전(內戰)으로 갈라선 지 59년만에 그들끼리 국익을 따져 '국공회담' 도 가졌고, 마침내 양안(兩岸) 관계가 급진전되면서 정기 항공노선이 열려 7월 4일 양국에서 항공기가 이착륙했다. 이 사실은 분명히 세계의 정세에도 크나큰 충격파가 아닐 수 없지만 실리를 따져 우리도 5대 교역국의 하나인 대만관계는 재정립할 때가 됐다고 말들 한다.

다시 한 번 생각해 본다. '어제의 우방이 오늘의 적이 될 수도 있다' 는 냉혹한 국제간의 현실이라 하더라도 서운해 하던 소복 입은 여학생의 눈물 섞인 두 마디와 용서를 바라며 재산서류를 내놓으며 가족의 무사 귀국만을 도와 달라던 일본 놈 지주의 핏기 없는 부탁이 서로 얽혀 이 원고지 위에서 춤을 춘다.

눈앞에 보이는 이권 앞에는 배신도 밥 먹듯 하는 것이 지성인이라는 호모사피엔스의 참모습이라 한다.

그 누가 나서서 "아니다" 라고 부정할 자 있을까?

(2008. 7. 29)

쇄서(曬書)와 우란분(盂蘭盆)

– 세시풍속을 좇아서

예년처럼 올해도 장마 속에 찾아든 음(陰) 육, 칠월은 더위를 한껏 먹어가는 달이기도 하다.

유월을 보면 소서(7)에 초복(19), 대서(22)에 중복(29)을 끼고 있으니 지열이 날마다 수은주를 밀어 올리면서 자꾸만 높아가 열대야(熱帶夜)란 해괴한 말이 나돌고 있다.

입추(7)와 칠석이 같은 날이고 말복(8)에 우란분인 백중(15)에 처서(23)까지 낀 칠월은 더위를 차츰 거두어 간다고도 하지만 여러 가지 민속(民俗) 행사로 너나없이 마음들은 뜨겁게 달아오르는 달이기도 하다.

얼마 전 스크랩 한쪽을 찾으려고 책들을 뒤적이다가 큰 책에 가려 안 보였던 고서 한권을 만났다. 꿰맞춘 엉성한 활자로 허름한 마분지에 찍혀지고 이그러지고 꺼멓게 뜬 삽화가 든 고본으로 1996년 2월 인사동 고서점에서 사온 책이다. 날마다 밀려드는 여러 가지 신간들을 읽기보다 훑어보기에도 못 미치는 책 더미 속에 묻혀 있어 이 고본의 존재를 까맣게 잊고 있었다.

조선총독부에서 1931년에 발간한 《朝鮮의 年中行事》. 7월 쪽을 보았다. 여기 대충 간추려 옮겨본다.

7일은 칠석(七夕)으로 견우(牽牛) 직녀(織女)의 해후 전설과 책과 옷을 햇볕에 쬐이고 말리는 쇄서(曬書)와 폭의(曝衣)의 습속도 있었다. 15일 보름은 그 호칭도 대여섯 갠가 되었고 의식(행사)도 다양했다. 이날은 처음 듣게 된 사찰 의식으로 우란분(盂蘭盆)절에 백중(百中), 백종(百種), 중원절(中元節)이라고도 불렀다. 속가(俗家)에서는 망혼일(亡魂日)이라 해서 고인의 넋을 극락으로 인도하는 일, 천도(薦度)하는 풍습도 있었다.

여염집에서는 머슴들이 농사짓느라고 수고했다 해서 하루 말미를 주면서 장에 나가 맛있는 것도 사먹으라고 돈도 주었다. 술 취한 입으로 주인을 욕해도 용서가 되는 날이었으니 양반의 권위가 깨지는 특별한 날이었고, 농사를 제일 잘 지은 집의 머슴을 소의 등에 태워 동네를 돌아다니면서 노고를 위로했다. 장터 씨름판에도 나가 이기면 소도 탔고 그 비용은 진편이 부담했다. 이 우란분을 우란분절이라고도 부른다.

『한국불교문학』의 편집방향이 각종 의식의 기원 쯤 따지는 차원이 아님을 알지만 먼저 칠일(七夕)의 쇄서네 폭의네 하는 습속을 살펴보고 나서 불교에서 그 뿌리를 찾을 수 있다는 우란분(盆經, 우경이라고도 함)의 ABC는 깊게 알고 싶은 화두이기도 했다.

칠석은 잘 알려진 전설로 1년간 서로 떨어져 있던 견우성(牽牛星)과 직녀성(織女星)이 천제(天帝)의 허락을 받아 까치 까마귀가 다리를 놓은 오작교(烏鵲橋)를 건너가 서로 만나는 날로 전해 오고 있다. 이런 천체(天體)를 신앙하는 것에 영향을 받아 불교의 명절로 자리잡아 각 사찰에서도 〈북두칠성연명경〉(北斗七星延命經)을 독송하며 자녀의 무병장수, 사업 번창을 빌기도 했다. 특히 근래에 들어와 이색적인 것은 '좋은 인연 맺기' 로 이를 발원하는 '칠석기도' 로까지 발전, 사찰 등은 북적대고 있으며, 부처님의 가르침을 실천하는 일로 믿고 대덕 고승들의 중매로 이뤄지는 이 인연 맺기는 선남선녀들의 칭송을 받는 새로운 풍속도로 변했다.

앞서 잠깐 말했지만 향교나 학자 집안에서는 산적한 서책(書册)이나 36권의 진서(陳書), 당나라 사람 요사겸(姚思廉)이 지은 남조(南朝)의 정사(正史) 등을 내다가 햇볕에 쬐는 쇄서(曬書)—때론 폭서(曝書)라고도 한다 하여 벌레들의 책장 갉아먹음을 막고 이렇게 함으로써 수장(收藏)한 서책의 많음을 과시하는 날이기도 했고, 1년 내내 옷장 속에 개켜 들어있던 농지기와 옷들을 볕에 내걸어 햇볕에 말리고 통풍이 잘 안 되는 곳에 두었던 옷들을 줄줄이 내걸어 거풍(擧風)시키는 일은 바로 대갓집 마나님들에게는 능라주단(綾羅綢緞)의 미의(美衣)를 은근히 자랑 부와 귀를 뽐내는 날이기도 했다.

다음으로 보름날로 넘어가자. 무엇보다 우란분(절)이다.

한 마디로 '심한 고통' 의 뜻으로 하안거의 끝 날인 이날에 행하는 불사. 아귀도에 떨어져 괴로워하는 망령을 위안하는 행사다. 매년

이날이 되면 각 사찰에서는 재(齋)를 설하고 부처님께 불공을 드렸다. 불교가 융성했던 신라 · 고려 때에는 이날에 우란(회)분을 마련 승려나 속인(俗人)들이 공동으로 부처님께 공양을 했으나 조선조에 와서는 사찰에서만 승려들이 행하였다. 우란분(경)은 범어(梵語)의 음역으로 '도현(倒懸)' 을 말하며 이것은 '손발을 묶어 몸을 거꾸로 매어다는 것으로 심한 고통을 뜻한다' 는 말이다.

부처님의 10제자 중 한 명인 목련존자가 어느 날 신통(神通)으로 천상천하를 살펴보니 어머니가 지은 많은 죄 탓으로 악귀지옥에 태어나 음식도 먹지 못함을 보고 이에 직접 음식을 가져다 올렸으나 입에 들어가기 전에 뜨거운 불길로 변해 버렸다. 이를 본 목련존자는 부처님에게 어머니를 구해 달라고 청하자 "시방에 있는 대덕스님의 법력을 빌면 가능하다. 9순 안거를 끝내고 참회의식을 가지는 자자일(7월 15일)에 음식과 온갖 과일 등을 공양하면 살아 있는 부모는 물론 7대 선망 부모와 친척들이 모두 고통에서 벗어나 백년 장수, 천상에서 쾌락을 누릴 것이다" 하여 어머니를 구한 이야기다

또한 여염집에서는 달 밝은 이 날 밤 채소, 과일, 주, 반을 갖추어 망친(亡親)의 혼(魂)을 초청하여 천도도 한다. 이런 것들이 우란분의 유풍이기도 하지만 목련존자의 어머니 구하는 효도를 강조한 것임을 알 수 있다.

조선조 선조 때의 문사(文士) 동악(東岳) 이안눌(李安訥)은

'기득시전채과천(記得市廛菜果賤) 도인수처천망혼(都人隨處薦亡魂)', 의역을 하면 '백중절을 맞아 시전에 나가 채소와 과일 등의 제수용품

을 싸게 얻었고, 천지간에 떠도는 모든 귀신들을 불러 모아 재를 지내 천도한다' 는 뜻이리라. 그는 백중날의 민속을 시로써 이렇게 적어 놓았다.

이밖에도 민속으로 농군들 상호간에 위로하는 조촐한 잔치로 초연(草宴)도 있었고, 여인네들의 공동 베짜기인 공동직마(共同織麻) 등도 있었으나 이젠 그 흔적조차 찾기 어려운 실정이다.

이래서 우란분은 불교의 '4대 명절' (석존의 탄생하신 4월 8일, 출가하신 2월 8일, 성도하신 12월 8일, 열반하신 2월 15일)에 우란분을 끼워 불교의 '5대 명절' 로 여겨 사찰이나 재가불자들까지도 받들어 모시는 의식으로 전래되었다.

유월과 칠월에 걸친 이런 의식(민속)은 어쩌면 황당하고 홍미 위주의 전설 같기도 하나 실존 인물이었던 석가세존 부처님께서 설하신 우란분의 경전(經典)은 후세에게 인간의 지고지순한 도리, 효(孝)를 강조한 점에서 생각되는 바가 크다고 하지 않을 수 없다.

글쎄… 긴급 동의한다.

"사람은 생각하는 갈대" 라고 말한 철학자이며 수학자인 파스칼이나 "나는 생각한다. 고로 존재한다" 고 말한 데카르트의 말도 이 우란분 속에 담아 같이 생각해 보았으면 어떨까? 하고.

(2008. 8. 3)

구리광산과 몰몬교

– 유타주의 두 가지 자랑

지난 2003년 7월 7일 오전 10시경. 날씨는 쾌청. 온도 23도쯤으로 기억된다.

이날도 남들이 별로 찾지 않는 구석진 서북부의 안쪽을 더듬을 작정이다.

차에 오르자,

"최형, 우리 가면서 객담(客談) 좀 합시다."

"객담이라니…… 뭐요. 관광길에도 객담이 허용되나요?

"요즘 신흥경제국가로 발돋움하려는 중국의 날뛰는 꼬락서니를 보면서 만리장성과 오늘 찾게 되는 '구리광산' 생각이 얽혀서 해보는 말입니다."

"사실, 나도 객담을 여기 조금 보태고 싶네요. 지금도 선진국 대열에 끼려고 허둥대는 중국의 맹위는 그저 되는 대로 맥 놓고 볼 일은 아니지만…" 하고 그의 말이 채 끝나기도 전에 연전에 ××문학지에 쓴 글 〈중국의 허욕? 동북공정의 이모저모〉를 주워대 보았다.

"중국, 이젠 국제사회의 문제아(問題兒)가 되었어요. 잘 알지만 몇 개의 큼직한 사례들을 들어보지요. '동북변경역사여현상계열연구공정'(東北邊境歷史與現狀系列硏究工程)—이것을 줄여 동북공정(東北工程)이라고 말합니다만 이것이 그들의 해괴한 연구 과제랍니다. 한 마디로 고구려사를 중국사에 편입하려는 역사침략이 연구의 큰 틀로 봐야 합니다. 중국이 이런 역사 비틀기 연구로 국제정세와 외교사적 시각을 내세워대지만 미래에 닥칠 만주에 대한 역사적 불안감 때문에 고구려의 역사를 중국 역사의 일부로 규정하려는 것이지요. 이른바 '고구려 역사 말아먹기'를 획책해서 우리 한민족의 존립근거를 흔들고 있어요. '만주는 우리(중국)땅이라고 말뚝 박으려고 한다'는 말도 있고요. 보세요. 연전에는 길림성 집안에 있는 고구려의 광개토대왕(375~413)의 업적을 기록한 비석에 비각을 세우고(1982) 방탄유리를 둘러(2003) 세계문화유산 지정에 대비하는 소동도 벌린 일도 있어요. 또 조선은 고대부터 중국의 속국이었다고 죽은 주은래는 망언을 했고, 고구려에 이어 고려도 넘보아 왕건은 낙랑군 한족 후예(後裔)라고 주장하는 등 말도 안 되는 억설에 궤변을 하고 있어요. 이제는 발해까지도 들먹대는 중국이란 광자(狂者)들의 망동을 우리는 그저 보고만 있어서는 안 될 지경에 이르렀단 말이요. 긴박한 상황뿐입니다. 마치 일본이 '전쟁 중에 조선 위안부를 강제 동원한 일이 없다. 이번에 미의회에서 결의안이 채택되더라도 사죄할 필요 없다'는 아베 총리의 망언이나 그 동안 수십 년에 걸쳐 역대 각료들의 숱한 궤변도 중국의 억설(臆說)과 다를 바 없지만 동북공정이 우리의 뿌리까지도 흔들어대려 하니 그대로 놓고 볼 수 없는 화급(火急)한 문제란 말입니다. 우리 주변 모두 사주 경계해야 할 강적들이 있음이 분명하지요."

"모두 옳은 말이요. 이곳에서도 중국의 궤변이나 억설을 들을 때마다 모두들 분개하고 있어요. 참 최형은 많이 아는군요. 이런 못된 중국, 그들만이 가진 세계 7대 불가사의의 하나라는 만리장성은 달나라에서도 보인다고 자랑하지만 우리가 가는 이 솔트레이크(Salt Lake) 시 가까이 있는 '구리광산' 도 달나라에서 보인다는 어마어마하게 큰 규모입니다. 가보시면 놀라실 겁니다."

나는 차 뒷자리에 있는 지도를 펼쳐 보았다. LA에서 출발 국내서 항공기를 타면 2시간 남짓. 거리는 700km 쯤. 이곳 LA(캘리포니아주)를 출발 15번 도로를 타고 네바다주의 라스베가스를 거쳐 유타주(Utah State)에 들어가는 코스를 알려준다.

"우리가 가는 이곳 솔트레이크 시는 지금부터 약 2억 2천만 년 전 바다가 지각변동으로 기어올라 융기하여 들과 산을 이뤘고 아직도 여기 저기 남아 있는 물웅덩이나 호수에는 염분(鹽分)이 남아 있다고 하오. 적게는 7프로 많게는 13프로의 소금기가 남아 있어 솔트레이크, '소금(salt) 호수(lake)' 로 불린다고 하오."

그리고는 이 도시의 생성(生成)에 관한 이모저모를 말해준다.

한참 달리다 보니 '솔트레이크' 라는 간판이 우리를 반겨준다. 차에서 내려 카메라에게 첫인사를 시켰다. 이 도시 자랑은 '구리광산'

과 '몰몬교'의 발상지라고 안내판이 알려준다. 그동안 다녀 본 여느 도시와 다를 게 없다. 박형은 5년 전인가 왔었다고 했다.

"방금 지나온 솔트레이크 시에는 침수 당했던 방갈로와 레저 시설들을 볼거리로 그대로 놓아두고 있어 관광객의 발길을 멈추게 하나, 여기서 남서쪽으로 40㎞ 떨어진 구리광산(Copper Mines)은 누구나 꼭 들르는 코스랍니다. 정상에 오르면 전망대에 설치된 채굴현장에서 사용하는 덤프트럭의 큰 타이어도 볼 수 있을 거요."

들판 가운데 똑바로 난 길을 따라 한 시간 넘게 달리다 보니 제법 높으면서 이마가 벗겨진 거무스름한 민둥산이 우리를 손짓한다. 흡사 나무나 풀뿌리 하나 구경할 수 없이 파헤쳐놓은 우리네의 아파트 현장 같은 길을 다시 10분 넘게 구불구불 오른다. 정상에 오르자 제법 깨끗하게 정리된 주차장에 차를 세웠다.

바로 옆에 비지터 센터도 보인다. 구멍이 뻥 뚫린 타이어 탑도 보인다.

"저 타이어의 지름은 3m. 저 밑, 채굴현장에서 개미처럼 고물고물거리며 움직이는 것들은 5톤짜리 덤프트럭들이라오."

발밑으로 보이는 원뿔모양의 채굴 현장—.

이 원뿔 위를 골골이 층계진 나사못 모양으로 빙글빙글 돌고 도는 길을 따라 트럭들이 이동한다. 광석들을 퍼담고 쏟아내고 하는 모습들이 개미들이 역사(役事)하는, 아니면 개미들끼리 하는 소꿉장난 같게만 보여졌다. 이런 진(珍) 광경들이 하나의 점이 되어 내 눈에 들어온다.

전시실에서 얻어온 팸플릿을 읽어 보았다. 다음은 여기서 주워 담은 것들이다.

이 광산 이름도 2가지.

1) 빙엄동산—Bingham Canyon Copper Mine

2) 빙엄 노천 구리 채굴장—Bingham Copper Mine

우리가 눈 아래로 내려다보는 이곳이 이름 그대로 '구리광산'의 실체(實體)다.

세계에서 노천(露天) 채굴장으로서는 가장 크다고 한다. 대개의 광산은 파고들다 보면 지하로 수 천 미터를 파고들기 마련이나 이 광산에서는 뜨거운 햇볕을 받거나 눈비 맞고 시원한 바람 쏘이며 채굴하는 하늘쪽이 확 트인 것이 이 광산의 특징이란다. 이곳의 채굴장은 깊이가 915m, 폭은 거의 4㎞에 달하며 둥글게 파들어 간 것이 위로 가면서 원뿔 같고 크기가 엄청나게 커서 달나라에서도 보인다고 말들을 하고 있다.

기록에 보면 1906년부터 구리를 채굴했으나 당초에는 원시적인 장비를 썼기에 영세성을 벗어나지 못하고 채산이 안 맞아 웃음거리가 되었던 한 때도 있었다고 한다.

'빙엄'이란 사람이 몰몬교의 종주(宗主)가 되면서 많은 사람과 같이 연구 개발을 거듭하여 세계 최초로 '공개식구멍뚫기공법'(空開式穿孔工法, Open-Pit Mine)을 도입, 어느 광산보다 더 많은 구리를 생산케 되었다는 것이다.

"박형 아까 입구부터 '빙엄'이란 말이 나오고 그가 몰몬교의 종주

라니 어떤 사람입니까? 영어를 몰라 그런지 이 브로슈어 속에서는 사연을 알길 없는데요."

"여기 벗어나 다음 자랑인 몰몬교의 메카에 가면 알게 되지만 이 구리광산, 몰몬교, 빙엄, 세 가지 모두 밀접한 관계들이 있지요. 미국의 웹스터 사전(Webster's Dictionary)에도 이 유타주를 속칭(俗稱) '몰몬주' (The Mormon state)로도 부른다고 적혀 있어요. 그만큼 몰몬교나 빙엄의 입김이 여기서 강함을 짐작하고도 남아요. 우선 이만큼 이야기하고 그곳에 가면서 다시 하기로 합시다."

다른 브로슈어를 보았다. 여기 줄여 옮겨 본다.

—이 구리광산은 1992년부터 근대화 계획이 이뤄져 이 오픈 피트 공법으로 6천만 톤의 암석을 캐내어 컨베이어를 이용하여 5마일이나 떨어진 조광저장소(粗鑛貯藏所, Ore Storage)에 실어낸다.

—이런 채굴방법의 근대화는 인건비만이 아니고 생산비의 감소를 가져와 가장 저렴한 비용이 드는 구리광산이 되었다.

—또한 여기서 나온 정련되지 않은 조광 덩어리에는 구리가 2.5프로나 들어 있었고, 또 구리와 함께 금 · 은 · 몰리브덴까지도 나와서 '빙엄' 을 부자로 만들어 주어 솔트레이크 시와 몰몬교에게도 큰 힘이 되면서 '지구상에서 가장 부자 갱' (The Richest Hole on Earth)라는 소문도 있다.

이 밖에도 캐내어 실려 온 조광 덩어리를 부수고 녹이는 시스템도 눈 익혀 볼만하다고 말했으나 전문가 아니기에 우리는 몰몬교의 메카를 향해 산을 내려 왔다. 하지만 내 머릿속에 남은 강한 인상—.

아쉬움이라고 좋게 말해 두자. 아니다. 그것은 우리 역사를 송두리째 말아 먹으려는 중국의 입김이 일본과 함께 여기에도 있었기 때문이다.

우리가 오른 구리광산의 정상 한구석에 서 있는 철주에 붙은 네모의 광고판.

'PRESS BUTTON TO HEAR NARRATION' (말을 들으려면 누르시오) 라고 대문자로 쓰고 그 밑으로 English. 中文. Espanol, 日本語, Deutch 등 5개 국어가 적혀 있었다.

"박형, 우리가 여기 오면서 말했던 역사 말아먹으려는 중국에, 위안부 문제 모른다는 일본, 이 두 나라가 왜 이 광고판 속에 끼었는지 모르겠네요. 우연의 일치일까요? 아니겠지요. 이제 먹고 살만들 하니까 이런 구석진 곳까지 찾아드는 두 나라의 관광객들을 위한 친절이란 상술이겠지요?"

그렇게 자문자답을 하고 다음 코스를 위해 차에 올랐다.

정말 입맛은 개운치 않았다.

(2007. 3. 8)

그곳의 그 코스모스

어제 오후 해거름께 무망산(無望山)을 찾았다.

집에서 그리 멀지 않고 그동안 오르던 관악산이나 도봉산처럼 숨차게 높지도 않은 해발 4백미터 남짓한 산이다. 가다간 올라채는 산허리 몇 갠가를 돌다 보면 입구쪽으로 돌아 나온다. 시간도 헐하게 잡아 세 시간이면 거뜬하다.

'살아서는 진천 땅, 죽어서는 용인' 이란 말도 이사 와서 들었지만 내가 서울을 떠나 여기 왔을 땐 18만 명의 단출한 식구로 서울 주변의 다른 도시처럼 위성도시의 축에도 끼지 못하던 때였다.

"여보, 당신이 혼자 부르는 무망산이나 다녀오자구요. 작년엔가 그 꼬불퉁 꼬불퉁한 일곱 고갠가의 산허리 정상에 외롭게 피어있던 코스모스를 보고 연민의 정을 느꼈다고 하던 그 코스모스의 잔해(殘骸)도 볼 겸……."

"고맙소, 무망산이란 이름을 잊지 않고 불러주니…. 이 무망산이란 호칭은 나만이 부르는 이름인데……."

나는 고마움을 등산화 챙김으로부터 응답했다. 밖에 나오니 온통 뿌우연 안개 천지다. 연무(煙霧)다. 라디오에서 시계 ××m라 하더니 실감케 한다. 해마다 새봄이면 중국 쪽에서 찾아오는 불청객인 황사 낀 날씨 같다. 연기(煙氣)가 많은 곳에 물기를 먹은 더러운 먼지 알맹이가 땅 가까이에 쌓여 안개처럼 보이는 것이라지만 이런 하늘 아래서는 산에 오를 맛이 나지 않았다. 되돌아설까 하다간 내친 걸음이니 발길을 되돌릴 수는 없었다.

무엇보다 이 산에 가면 풀어야 할 궁금증이 두어 가지가 있었다.

이제 100만을 내다보는 몸집을 키운 용인시이기에 등산객들의 허리 폄을 돕기 위하여 벤치라도 서너 군데, 정상에 가까운 8부쯤의 산허리를 돌다 보면 만나게 될 약수터. 누구의 발길도 닿지 않았을 저 골짜기 쪽 바위 틈새에서 쫄쫄 흘러내리는 방울 물을 모을 확이나 간이 의자에 물 떠 마실 쪽박이라도 놓여 있을까 하는 바람이다.

소한(小寒)도 지냈으니 얼마 뒤엔 대한이다. 겨울도 이젠 아주 깊숙이 파고 든 셈. 오르는 길 양옆으로 서 있는 상수리나무, 밤나무, 소나무, 측백나무, 오동나무, 참나무들에 온갖 한해살이풀들이 찢겨진 옷을 걸친 채 아예 벌거벗은 채 옹송대다가 내 볼을 할퀴고 지나간 북풍에게도 마지막 인사를 해댄다. 오뉴월 땡볕 밑에서 푸르던 시절엔 지나치는 바람에도 맞서 의기양양하던 의연한 모습은 찾을 길 없었다.

발걸음을 옮길 때마다 밟히는 낙엽들. 들리지 않지만 이생에서의

'그 때가 좋았었어요' 하는 소리가 들릴 것만 같았다. 저벅저벅, 찌이익 찍, 둔중한 등산화 소리는 삶이 그친 이 골짝 저 골짝에 메아리되어 되돌아 왔다.

시계를 본다. 오르기 시작한 지 1시간 5분이다. 제법 오른 셈이다. 몸을 움직인 대가인지 등줄기에 땀이 배어 러닝이 살갗에 닿을 때마다 선득 선득거린다.

이쯤이면 쉬어갈 벤치 하나쯤 있을 법한데, 하면서 주변을 두리번거려 보나 의자는 없어 누렇게 시든 잡풀 위에 앉아 우리는 가지고 온 주스로 목축임을 했다. 우리가 올라온 아래쪽에서 말소리가 들린다. 일어서서 아래를 내려다보았다. 옆으로 가서 잘라진 가지 사이로 아래를 내려다보려 했으나 헛일. 부러지고 꺾어지고 이리저리 얽힌 나뭇가지들로 틈이 없어 소리나는 쪽을 볼 수 없었다.

녹음이 우거진 성하(盛夏) 시절은 그렇다 치더라도 낙엽져서 많이도 비었을 겨울철에도 아래 이른바 속세를 바라볼 수 없으니 '바라볼(望) 것 없는(無) 산' 이기에 무망산이라 불러도 시비 받을 턱은 없으리라 생각되어 연전부터 나 홀로 부르게 된 이 산 이름이다.

"이것 좀 보아요. 어쩌면 이렇게도 하얗게 백발이 되었을까요. 은발같이 무척 곱네요. 누가 이것들을 이렇게 표백시켰을까요?" 하고 앞서 가던 아내가 소녀다워진다. 돌아선 산허리길 옆에 모여 있는 색이 바랜 갈대무리를 보고 하는 탄성이다. 이제는 불어대는 바람에 따라 춤추어댈 기운마저 쇠진한 듯 아무렇게나 누워 있다. 가을, 겨울, 북풍, 쇠잔(衰殘)이란 말이 나 모르게 입에서 삐어져 나왔다. 순간

내 발 앞에 내 키를 넘는 밤나무에서 대롱거리던 이파리가 떨어져 딩군다.

“여보 당신의 그 호들갑에 놀라 마지막 잎새가 떨어졌구려” 하다 앞을 보니 쫄쫄 아니 찔찔 흐르는 약수터가 보인다. 질척이는 그 물줄기를 지내오면서 들여다보니 물 고일 확도 간이 의자에 쪽박도 보이지 않는다.

‘여기서도 바람은 헛되었구나’ 하고 공중으로 날려 보내면서 오른쪽으로 돈다. 다시 왼쪽으로 돈다. 살며시 오르는 길이다. 이 산의 정상은 저 위쪽 능선의 높은 곳임이 분명하니 산허리의 정상이라는 말은 안 맞지, 하다간 볕 잘 들고 바람 제대로 받을 자리인 명당의 한쪽 귀퉁이에서 피어 있는 한 떨기 코스모스를 만났던 일이 있었다.

“심으려면 많이 심지 한 포기가 뭐야, 인정 없게 스리…” 하고 누군가에게 비정함을 원망한 일이 이 자리에 오니 생각난다.

북풍한설이 다 걷어간 그 자리에 가 보았다. 행여 줄기라도 아니면 그 흔적이라도 남아 있지 않았다. 흔적조차 없었다. 바람도 헛꿈이었다.

하긴 그때도 ‘자잘한 돌멩이뿐인 박토(薄土)에 용케도 자라 꽃을 피웠구나!’ 대견해 하면서 연민도 가졌던 순간도 있었기에 다시 찾았지만 “없구려” 하고 쓸쓸해 하자 “아마도 크고 강한 나무나 풀들이 햇볕도 비도 가로채서 살기 어려워 텃세를 못이겨 딴 곳으로 이사간지도 모르잖소?” 하고 코스모스족의 이사론을 편다. 오직 한 그루뿐이니 얼마나 외로웠으랴! 마치 사내놈들이 득시글대던 낯선 땅에

끌려온 가녀린 시골 소녀의 모습이 되어 내 눈에 어른거리는 듯 착각에 든다.

공룡 가족이 된 이 도시에 이 산의 등산길(이 산길은 소방도로라고도 말한다지만 의자 몇 갠가 있고 약수터가 보기 좋게 꾸며져 있기를 바라는 마음은 ×년 전 그 옛날로 돌아가고 있었다. 지금 이 순간에도 그날 내려오면서 산 밑에 사는 터줏대감에게 들은 이 산 이름이 '말아가리산' 이라던데 그저 낯선 소리로만 들려올 뿐이다.

하지만 아내 말대로 그 코스모스 일가가 인심 후한 땅으로 가서 대를 이어가며 가을의 전령사가 되어 주었으면 하고 '인정 메마른 그 땅에서 참 잘 떠나왔어요' 하고 그 인사를 2세나 3세들이 나에게 귀띔해 주기를 바라며 제발 '그 코스모스 일족 멸하여 이 세상에서 깡그리 사라졌다오' 하는 비보가 안 들려오기를 또한 간절히 빌어본다.

(2008. 1. 11)

〈참배기〉

'아마겟돈'의 후일담(後日譚)

– 故 一默 林泳暢 회장 시비를 찾아

지난 9월 17일 일찍부터 서둘러 분당 목련마을을 거쳐 18일 늦게까지 1박 2일 동안 고 일묵 림영창 회장님의 미망인 신삼호 여사님을 모시고 아내와 같이 구례 화엄사 초입에 있는 '詩의 동산'을 처음으로 다녀왔다.

고인은 성남 제생병원에서 지병으로 영면(1917. 7. 23~2001. 1. 27)하셨다. 한국불교문인협회장으로 영결식을 갖고 다비(荼毘)하여 집 앞산에 뿌렸다. 그 뒤로 신 여사는 해마다 두어 차례 찾아 뵈었으나 필자가 고인의 시비가 있는 詩의 동산에 오르기는 처음, 10년만의 일이었다.

올해도 일간 틈내어 가시겠다는 말에 동행하기로 하여 늦여름 중부고속도로로 나가 오창휴게소를 거쳐 여산, 익산, 전주, 남원, 구례, 순천까지 달리고 보니 500킬로가 넘는 대 장정(長程)이었다.

사통팔달이라는 말처럼 동서남북으로 잘 뻗은 크고 작은 국도 지방도들이 몰려들었다가 헤어지고 하면서 조국 발흥(勃興)의 승기(勝氣)를 속속들이 사해에 펼치고 질주하는 차창 밖으로 스쳐 지나가는 푸르디푸른 강산 역시 GNP 2만 달러를 넘는 국가의 위용(偉容)을 자랑하고 있었다.

핸들을 잡고 앞을 보면서 인연(因緣)이란 무엇인가를 생각해 보았다.

속된 말로 '치맛고리 스치는 것도 전생의 인연' 이라 말하지만 불가에서는 십겁(十劫)에 한 번 스칠지 모르는 인과(因果)라고 한다. 필자가 고인과 연이 닿은 것은 1985년 10월 어느 날 강원도 오대산 속 깊숙이 들어앉은 상원사에서의 모임 후로 거의 4반세기적 옛날 일이다.

"우리 한국에도 동남아에 없는 불교 문인들이 모여 글을 쓰는 문학모임을 갖고 싶은데……" 하고 말하자 일행 중인 양무목(楊茂木) 박사(현 대진대학교 통일대학원 원장)가 충무로에 있는 자기 사무실을 제공키로 자원하였고 이어 「인류의 역사 여명기에 인도 갠지스강 유역에 올려진 부처님의 자비광명의 횃불은 21세기를 맞는 오늘에도 현장의 진리로 빛을 떨치고 있다. …(중략)… 우리가 지닌 붓의 힘으로 민족과 국가 또는 세계를 올바르게 향도하고 …(중략)… 붓다오 다르마를 신봉하고 결맹하는 이 모임에 모든 뜻있는 문필인들의 동참을 바라마지 않는다. 1985. 8. 15」라는 '한국불교문인협회 발족 취지문' 을 손수 마련하였고 필자는 당시 치안본부 외사과에 근무를 하면서도 후에 사무국장으로 불교문협의 일도 하게 되었으니 전생(前生)에 억겁의 인연이 그와는 있었으리라.

오늘까지 연간 '한국불교문인선' 23집과 20여 회의 심포지엄과 세미나 개최 등은 고인의 천계(天界)에서의 음덕(蔭德)이 아닐까 하는 등 쉴 새 없이 일어나는 파노라마적 생각과 함께 화엄사 입구에 들어섰다.

다섯 시다. 비어 있는 주차장에 골라 주차시켰다.

입구 이곳은 한때 무질서하게 들어선 여관촌으로 이름을 날리던 곳이란다. 1989년에 구례읍으로 집단 이주시킨 뒤 구례 출신의 정기석 시인이 사재를 털어 詩의 동산을 마련 김소월, 박목월, 한용운 등 저명시인 24인의 시비가 각각 다른 모양으로 세워져 시민들의 산책로이면서 휴식의 공간으로 사랑받는다고 안내판이 말해 준다. 1967년에 국립공원으로 지정받은 관광지다.

우리 일행은 사모님의 뒤를 따라 제법 가파른 언덕을 두어 개 꼬불 꼬불대며 올라서 6m 넘는 중년의 측백나무 옆에서 〈아마겟돈의 후일담—림영창〉이란 검은 남포 오석의 큼지막한 시비를 만났다. 반가웠다. '아마겟돈' 도 우리를 반가이 맞이하는 듯 가볍게 스치는 바람으로 비면을 흔들어댄다.

사모님은 모처럼 만난 낭군님의 얼굴을 매만지듯 집에서 마련해 온 물기 배인 수건으로 비면을 조심스러이 닦고 나서 소주병에 북어 안주를 챙기고 그 옆에 불이 붙은 담배를 놓는다.

"여보 오랜만이요. 잘 계셨소. 여기 최 선생님 내외분과 같이 왔어요. 당신이 즐겨 하시는 술이며 담배도 가져 왔으니 마음껏 흠향(歆

饗)하십시오. 당신 얼굴을 가리는 측백나무의 가지도 몇 가닥 치워드리겠으니 가렵다고 하지 마시오" 하고 제문을 말하고 나서 술을 다시 붓고 타들어가는 담배 역시 갈아 태워 드렸다. 엎드려 한동안 묵상을 하더니 고개를 든다. 눈 밑으로 번쩍이는 것이 있었다. 잘못 본 것이 아니고 분명 눈물이었다.

이어 필자 역시 아내와 같이 술을 따르고 재배를 올렸다. 옆에서 아마겟돈을 다시 어루만지는 사모님을 보니 눈가가 촉촉하다. 울고 계신다. 가고 올 수 없는 피안의 그 님을 그리워하는 한 아낙의 애달픈 심정이리라. 우리도 눈시울이 뜨거워 온다.

이내 네 슬픔 내 설음을 걷어 내려는 듯이 내 머리는 ×년 전 어느 날로 돌아간다. 무슨 모임에선가 성원보고에 이어 개회선언까지 사무국장인 필자가 하고 나서 "지금부터 회장님의 인사 말씀이 있겠습니다" 하고 회의진행을 시작하려 하자 "개회선언은 회장이 하고 나서 인사로 들어감이 옳은 거야……." 하고 소갈일성(小喝一聲)하시던 직설파(直說派)인 그. 주위엔 아랑곳하지 않고 두남두지 않는 강직성(剛直性)의 소유자—. 하지만 이것들을 뒷받침할 만한 그 무엇이 그에게는 있었다.

한 마디로 말해 그는 정(政), 경(經), 역(歷), 역(易)을 두루 섭렵하였으니 태고종 한일불교문화교류협의회 한국대표로 파견되어서는 일인들에게 한국이 불교의 제2 메카로 시인토록 설득시켰고, 《불교종전》, 《개운설법》, 《진언종성전》, 《증산신학개론》 등을 비롯한 다수의 저서로 종파를 초월한 경전(經典)의 달인(達人), 교리(教理)면에 있어서도 타의 추종을 불허할 만큼 해박한 불교계의 지존(至尊)이기도 했다. 이만한 내실(內實), 자신감(自信感)이 있었기에 모두들 경원시(敬遠視)했음도 사실이다.

이런 성격의 소유자이기에 고인인 회장 그를 가까이 하기 어려우나 협회의 일로 성남의 '고애실'(古艾室, 림영창 회장님의 家號)을 찾은 필자에게 "이젠 내 밑에서 그만큼 배웠으니 이제부터는 부회장으로 나를 크게 도와주게나" 하고서 중책을 맡겨 주시면서 "다만 할 말은 참지 못하고 쏟아내는 직설파로서 소문나 생활하면서 손해 볼 때도 많으니…" 하고 말끝을 흐린다. 알 만한 끝말이 아닌가?

날이 어두워 광량이 부족했으나 비석 앞에서 셔터를 몇 번 눌렀다. 아무래도 신통찮다. 내일 아침 다시 와서 촬영하겠다고 고인에게 인사드리며 내려오다가 "참 회장님이 주신 책들 가운데《룸비니의 꽃향기》,《사바여로》(裟婆旅路),《문장(文章)의 초원(草原)을 거닐며》등 소장본(所藏本)에서는 이 '아마겟돈'을 못 만났는데……"하고 자문자답을 하다가 되돌아가 호주머니에서 백지를 꺼내어 시 모두를 옮겨 왔다. 독자들도 참고하기 바란다.

아마겟돈의 후일담 _ 림영창

아마겟돈*의 골짜기를 지나면
도산지옥(刀山地獄)의 입구에 선다
먼 역정(歷程)에 지쳐

괴로움은 괴로움을 몰고 오고
아픔은 아픔을 낳아서
올올이 피에 젖어 나부끼는
생명은 금선(琴線)에서
울리는 엘레지
신음이 끝나고 터지는 목청에서
가릉빈가(迦陵頻伽)*의
환가(歡歌)가 울리리니
카인의 칼이 없어진 곳에
아— 열반(涅槃)의 저녁바람이 일면
아도(餓倒)에서 환원하는 신(神)의 모습
아마겟돈의 전사(前史)가 복원되리라

*아마겟돈 : 세계의 종말이 올 때의 선과 악의 최후의 대 결전장(決戰場). 성서의 묵시록에 나오는 말. 말뜻이 바뀌어 국가 간의 대결전, 대동란을 가리키는 말로도 쓰임.
*가릉빈가 : 불경에 나오는 상상의 새. 히말라야 산속에 사는데 소리가 곱기로 유명함. 또 극락정토에 깃들이며 사람의 머리에 새의 모양을 하고 있다 함.

(2009. 10. 17)

여름방학의 추억

– 어머님의 로비

지금은 밤 두시. 열어놓은 뒷문 틈사이로 간간이 들이치는 빗줄기는 장맛비의 고손자나 되는지 조금 전의 것과는 다르게 가늘다. 이른 봄날 아침에 내리는 이슬비처럼…….

누우런 황톳물 바다가 된 금어천은 놀란 듯이 소리치며 물거품 잔뜩 물고 세차게 흐르며 잠든 대지를 흔들어댄다.

요즘의 기상청은 무척 바쁜 것 같다. 개청 이래 최대의 강우, ××시에도 최초로 많은 강우량을 기록, 인간이 자초(自招)한 인류문명을 깡그리 앗아가는 엘리뇨에 라니냐의 심술궂은 조화, 북남극의 빙산 붕괴로 해수면 상승으로 ×십년내로 저지대의 ××개국 침수 아닌 침몰 예상, 지구 종말론까지도 매스컴들이 떠들어대어 날마다 새로운 지식을 쌓으며 살아간다.

하긴 이런 파격적인 빗줄기의 오르내림으로 10만 평방킬로미터의 남한 땅 303억 1,300만평 어디에나 골고루 비의 세례를 단단히 받고 있음도 사실이나 선인들 말대로 '칠년 대한(大旱)에 별 안 뜨는 날 없다' 는 듯이 남북으로 오르내리는 장맛비는 곳곳마다 온갖 희비를 안겨주고 있다. 누군 하늘의 구멍이 터져 쏟아 붓는 것 아니냐고 원망도 하며 진저리가 난다고 물러나기를 원하고 있다. 해마다 많든 적든 내리는 7, 8월 장맛비 철이면 물난리란 아예 잊고 더위 피해 산과 바다로 떠나는 여름방학(바캉스)은 우리의 연례행사가 되었고 이 글에는 여러 가지 추억을 남긴다.

필자는 저 남쪽 호남평야 초입새에 살아 눈앞 바로가 산, 몇 시간 걸으면 바다가 있어 길고 긴 여름방학 때도 한두 번 친구들과 모악산으로 금산사로 변산 반도에서 한 이틀 자고 온 추억 밖에는 없다.

함에도 부담 느낀 여름방학도 어릴 땐 몇 핸가 있어 개운찮은 추억만은 가시지 않고 지금도 남아 있다.

그것은 일본의 세계 정복의 허욕이 발동, 1941년 12월 8일 새벽 진주만 공격으로 시작으로 미국, 영국, 프랑스, 소련 등의 강대국을 상대로 일으킨 태평양전쟁(세계 제2차대전)이 격침, 파괴, 점령의 고비를 수없이 넘으며 일본은 물자 부족으로 악전고투하며 전쟁비용이 바닥으로만 내려갔다. 한반도가 일제의 전쟁물자 보급의 기지가 되고 있을 때 필자는 바로 국교(초교) 3학년 때였다. 초반전은 잘 나가 싱가포르를 점령했다 하여 전승기념품으로 하얀 고무공을 하나씩 나눠받아 조심스레 간직하다간 바람이 빠져 너나없이 아쉬워하던 1942년 여름방학 때로 기억된다.

—모든 학생은 내일부터 집에서 놀며 공부하는 여름방학에 들어

간다. 아침에 일어나 할 일은 학교에서 하던 대로 동네 국기대 밑에 모여 국가(기미가요)를 부르고 동쪽을 향해 궁성에 계시는 천황 폐하에게 아침인사를 드린다. 이는 동쪽에 계시는 천황폐하님과 천우신조로 건국된 신국 우리 일본의 신민들은 용감무쌍한 일본신군들의 승전을 기원하는 것이다. 반장(6학년)의 감독 아래 이 식을 마치고 나서 낫 들고 산에 가서 억새풀을 베어 말려서 방학 끝나면 가져와야 한다. 전쟁터에서 기마병들이 타고 다니는 마초(말의 식량)로 주기 위해서다. 마초는 집에서 말리건 모여서 말리건 상관없고 반장은 아침조회 때 출석을 따져 조사표를 만들어 학교로 가져온다.

이런 내용의 교장 훈화는 무척 길고 무거웠다.

오늘의 2, 3세대들의 바캉스 풍경과는 달랐다. 차에 짐을 잔뜩 챙겨 넣고 아빠 엄마 동생들과 산이나 바다쪽 물 찾아 웃고 떠들며 떠나는 바캉스. 너도 나도 다녀와야 한다는 바캉스란 상상도 못한 일로 학교 안 가고 집에서 쉰다는 방학은 아니었다.

마른 마초도 문제이나 아침마다 모여 국가를 부르고 황궁을 향해 '밤새 안녕하십까? 만수무강을 비옵니다' 하고 의식을 가져야 한다고, 그것도 출석을 따진다고 하니 큰 부담이 되었다. 만약 빠져 결석하게 되면 어쩌나?! 반장에게 감자나 옥수수를 갖다 주며 '사바사바' 라도 하여 출석으로 바꿔다가 다른 학생에게 들키면 큰일. 하다 보면 여름방학은 무척 고단하고 신나게 노는 학교 안 가는 날이 아니었다. 땡볕 맞고 오가는 학교 가는 등교가 나을 것 같다는 생각도 어린 저자에게도 있었다.

이런 말 많은 여름방학이 시작된 지 열흘쯤 지났을까?

백 집 가까이 사는 우리 동네에서 그래도 세끼 찾아먹던 우리 집은 간밤에는 통밀 갈아서 푸성귀 넣고 비빔죽(?)으로 배를 달래곤 멍석 위에서 모깃불 풋내를 맡으며 누워 밤하늘에 떠있는 별들과 이런저런 이야기를 형들과 하다간 어머니가 뒤꼍에서 따다 찐 옥수수를 서너 개씩 맛있게 먹고 나서 모기장 속으로 들어가 고꾸라졌다.

새벽녘께 아랫배가 부글부글 소리 내며 끓어올랐다. 새벽 닭 우는 소리에 맞춰 아침조회에 나가야 할 터인데 결석하고 말았다. 집안 약들을 뒤져 약을 먹고 아침 늦게 미움을 먹어 배를 달랬다. 저녁 무렵에 반장이 찾아와 내일은 빠지지 말라고 말하고 갔다.

“하루라도 빠지면 안 된다고 교장선생님이 말했는데……” 하고 어머니 도와 뒷밭 풀 뽑기하면서 걱정해 두었다. 저녁 밥 뒤에 어머님이 보이지 않는다. 한식경 되어 잘 무렵에야 말소리가 들렸다.

“걱정 말라. 반장 집에 옥수수하고 감자 좀 갖다 주고 오던 길이다” 하고 말씀하시니 결석 빠짐을 출석으로 바꿔 달라고 부탁 인사를 한 듯하다. 자식의 걱정을 덜어 주시려는 어머님의 사랑이다. 시쳇(時體)말로 ‘와이로’ 아니 ‘로비’ 했다는 말이 맞을지 모르나 아침조회도 마초도 끝내는 내 힘으로는 책임량 완수를 못하고 어머님의 주선으로 꼴머슴 철식이의 도움으로 억새풀 베어다가 정성들여 말려 20킬로 초과달성하여 “3학년답지 않게 많이도 잘 말려서 가져와서 상을 준다”는 교장의 발표로 박수를 받은 일도 있었으나 전쟁의 판도는 1945년 8월 6일 히로시마에 이은 나가사키의 원자 폭탄 투하로 8월 15일 일본천황의 무조건 항복에 이은 9월 2일 일본의 항복문서 조인으로 전쟁이 종결되었고, 그 해의 여름방학에서는 아침조회와 마초 이야기는 흘러간 역사 속에 묻혀 버리고 말았다.

그 뒤 여름방학 아닌 여름휴가로 나이테를 두껍게 두껍게 에워싸 마음 내키면 차 몰고 산으로 바다로 떠나곤 한다. 아득히 멀어진 그때의 여름방학은 생각만 해도 가슴이 무거워 온다. 어머님까지 로비하시게 했으니. 아마도 부강한 국력을 못 가진 탓이지 하고 돌려 자위해 보지만…….

(2011. 7. 18)

처인성(處仁城)과 법륜사

– 부곡민과 백두산 홍송 이야기

답답한 서울을 벗어나 새로이 삶터를 마련한 용인 땅으로 온 지도 십년이 훨씬 넘는다. '살아선 진천, 죽어선 용인' 이라는 말도 있듯이 명당 많은 길지인 용인의 알 터라는 처인땅을 일찍이 공자께서도 극찬했다 한다.

《논어》(論語) 〈이인〉(里仁) 편에서 "子曰, '里仁爲美 擇不處仁 焉得知' (자왈, 이인위미 택불처인 언득지), 공자께서 말씀하시기를, '마을은 인후한 풍속이 아름다움이 되니 들어갈 마을을 가릴 때에 인후한 마을을 가려 살지 않는다면 어찌 지혜롭다 할 수가 있으랴' " 했으니, 다시 풀이해 보면 어질게 사는 것이 아름다움이 되니 스스로 가려서 어짐에 처하지 않으면 어찌 지혜롭다고 할 수 있겠느냐로 마을 인심이 후한 것이 아름다움이 되니 잘 가려서 이런 곳에서 살지 않으면 어찌 지혜롭다 할 수 있겠느냐로 되새겨 볼 수도 있어 집은 가려서 살라는 뜻이다.

마침 내가 사는 곳 처인 땅이어서 자랑이 길어졌으나 처인성(處仁城) 역시 자랑하고픈 승첩지(勝捷址)여서 연전 초겨울 어느 날 찾아들었다.

이 산성은 남사면 아곡리 옆으로 지방도로 321번이 자나가고 있었고 전체 둘레는 425m이고 1970년에 성곽을 수리하여 높이가 남서쪽은 해발 10m라고 하나 그 옆으로 논두길 밭길이 이리 저리 이어져 마치 어느 한적한 시골동네의 뒷동산 같았다. 여기가 국운이 걸려 전투가 벌어졌던 결전장이었다고는 믿어지지 않았다.

흔히 우리는 산성이라고 하면 높다란 성벽 위에 문루(門樓)가 보이고 성벽마다 밖을 내다보는 망창(望窓)이 있으며 바로 그 밑으로는 해자(垓字)가 있는 것으로 지레 짐작했으나 빗나갔다. 이런 곳에서 13세기 초 동북아시아의 평원을 누비며 세계정복의 야욕을 채우려던 몽골 장수를 맞아 어떻게 화살 한 발로 사살했을까 믿어지지 않았다.

사다리꼴 모양으로 된 밭보다는 조금 높은 4m에서 6m 됨직한 등마루에는 7백년 넘는 세월 동안 몇 번 나무가 바뀌었는지 모를 키 큰 나무들이 이파리를 모두 떨쳐 보낸 채 앙상하게 겨울바람을 맞고 있어 을씨년스러워 보이기조차 했다.

'1231년(고려 고종 18년) 8월 1일 1차 침공한 몽골군은 이듬해 9월 2차 침공하여 대장 살례탑(撒禮塔)이 남강(한강)을 건너 수주(수원)를 지나 중원(청주)으로 가는 도중 이곳 처인산성에 이르렀고, 군창이 있던 이곳에서 군수물자를 조달하기 위해 들렀다는 설도 있으나 이때 40리 남쪽 진위(평택)에 있던 승장(僧將) 김윤후는 12월 16일 부곡민과 합세 처인산성에서 항전중 화살 한 대로 적장을 사살하였다. 이때 적장이 전사한 이곳 아곡리 마을 처인성 북쪽 들판을 사장대(死將垈)라고 부른다' 고 적고 있다.

그동안 얼마나 변했는지 모르나 찾아가기 앞서 복원했다지만 그 흔적은 찾을 길 없고, 1979년 12월 16일에 완성했다는 높이 10m에 넓이가 15m 정도 됨직한 화강암 석재에 '처인성승첩기념비' 가 왼쪽에 서 있고, 글 밑에는 전 국사편찬위원회 위원장이던 최영희 씨가 글을 짓고 원로서예가 김기승 씨가 썼다는 기록이고, 오른쪽으로는 4m 되어 보이는 넓적한 철판에는 경기도 기념물 제 44호에 6백자 쯤 되는 안내문이 모두였다.

국보도 보물도 문화재도 사적지에도 끼지 못하고 승장에 부곡민이 합심하여 대첩을 승리로 이끌었다는 사실은 지역민의 단결력은 물론 자주 주권의식을 고취시켰다는 점에서 의의가 있으나 도(道)만의 낮은 급 기념물로 대접받아 아쉬움이 컸다. 고증을 거쳐서라도 이 산성에서 김윤후 승장과 합세 관군 못지않게 처인 부곡민들이 합심하여 승리로 이끌었다는 이 산성 화살을 쏜 지점과 적장이 쓰러진 지점을 알리는 표지(標識)를 챙김이 시급하다는 생각을 안고 내친걸음을 317번 지방도로로 뻗쳐 타고 법륜사를 찾았다

사력(寺歷)은 깊지 않았으나 1995년 상륜스님이 개창한 뒤 현재는 비구니 선원으로 현암 주지스님이 반가이 맞아준다. 개창자이신 상륜스님은 승가사 암자에 계시다가 어느 날 푸른 용이 물을 뿜은 뒤 관음보살로 현신하여 손으로 안는 꿈을 꾸었다고 한다. 즉시 꿈에

본 곳을 기억을 더듬어 찾은 곳이 문수산 밑 지금의 법륜사이며 여기에서 솟아난 물은 예부터 이름 높은 약수터라고 한다.

여느 사찰과 달리 남방불교 건축양식을 본따 아자복개형(亞字覆蓋型)으로 지어진 대웅전은 우리나라에서 유일한 불전이다. 이 대웅전엔 사연도 많다.

백두대계와 문수산이 연계(緣系)되어 백두산에서 나오는 홍송 30만 재를 베어와 대들보와 연개(椽蓋)시켰고, 모시는 본존불은 높이 4.8m에 중량 53톤으로 석굴암의 본존불보다 3배나 크며 큰 지혜의 문수보살에 실천행의 보현보살 역시 4.2m의 화강석으로 모셔져 타사찰의 금도금 불상과 다른 점임을 강조하고 대웅전 열두 모서리마다 서기(瑞氣)마저 감돌고 있었다.

고색이 창연하다기보다는 방금 채색을 마친 듯 푸른 하늘에 솟아나 보이는 대웅전의 둥그스름한 서까래들이 앞쪽을 향하여 현란한 빛들을 발하며 삐죽삐죽 뻗어 나왔고 그 위에 얹혀진 들보들은 하늘을 향하고 있어 추녀 밑에서 뛰어나와 승천이라도 할 듯한 느낌이 굽어진 용마루 사이에서 풍긴다.

발걸음을 옮기니 사르륵 사륵하고 발밑에 깔린 작은 돌들이 화답한다. 좀더 들어간 벽면의 탱화 위에는 그늘이 감돌고 어둠 밝음이 서로 엇갈려 가면서 경건하다 못해 신비스러움마저 인다. 다시 돈다. 댓돌 위로 나란히 놓인 검정 고무신. 곡두삼배하러 선승이 들어갔나 보다. 조용히 목탁소리가 문사이로 새어 나온다. 삿(邪)된 중생을 구제하는 선불 소리이리라. 아니면 누군가의 극락왕생을 기원하는 소리일지…….

들며 날며 열두 모서리 다 돌고나 앞마당에 내려서니 고색이 창연한 삼층 석탑이 반긴다. 1200년 전인 고려시대부터 대대로 가보로 모시던 석탑을 어느 불자가 보시했다고 한다.

또한 "우리 법륜사는 템플스테이 사찰로 용인시에서 지정받은 유일한 사찰로 속진에 찌든 중생 누구나 와서 사찰 생활의 체험장이 되도록 설비도 완비되어 해마다 천여 명이 이곳에서 머물다 간다고 했다"는 말에 이어 대웅전 앞에서 떠올린 말이 때 아닌 산사문답을 하게 했다.

"스님 극락왕생이 있나요? 이 세상을 떠나서 극락정토에서 다시 태어난다고 하던데……."

"가보지 않았지만 극락정토(極樂淨土)란 아미타불이 살고 있다는 정토. 염불을 한 사람은 죽어서 이곳에서 다시 살아나 불과(佛果)를 얻는다고 하는 곳으로 안양계, 안양보국, 서방정토, 극락, 안락세계를 말하니 정신 속의 세계라고나 할까요?"

그동안 듣지 못했던 생소한 말들이 이어져 나왔다.

"영생이란 말과는 다른가요?"

다시 묻는다.

"반야심경에 이런 구절이 있음을 아시지요? 이 세상에 존재하는 모든 것들은 실체가 없다는 특성이 있다. 생했다는 일도 없고, 멸했다는 일도 없고, 더러운 것도 아니고, 더러움에서 떠난 것도 아니고, 줄어드는 일도 없고, 늘어나는 일도 없다(是諸法空相 不生不滅 不垢

不淨 不增不滅—시제법공상 불생불멸 불후부정 불증불멸)이랍니다.”

우문에 현답이다.

돌아오는 길, 곱던 고개를 오르면서 “에베레스트 산록에서 K산악인이 보았다는 돌에 새긴 불경을 읽으면 극락정토에 다시 태어나나요?” 하고 묻지 않음이 아쉽게 내 입가에 어리었다.

우문이기에 현답이 쏟아져 나올지 모르나…….

(2012. 2. 3)

흑백불분(黑白不分)

"뭐 우리가 백의민족이라고? 주변을 똑바로 보게나. 이 말은 이제는 마땅히 저 박물관으로나 보내야 할 거야……."

얼마 전 디자인 잡지 『×××앙』의 편집장에게서 들은 말이다.

한 마디로 대꾸할 말이 없었다.

하얀 옷을 입기 좋아하고 예의를 잘 차리는 동방예의지국이라는 말이 무색하게 된 오늘이다. 거리에 넘쳐나는 사람들의 옷차림에서 백색의 옷을 입은 사람은 만나 보기가 무척이나 어려운 편이고, 널따란 길을 잔뜩 메운 차량의 물결 속에서도 백색의 차를 찾기란 쉽지 않은 탓이다.

한때 백색은 순백, 결백, 으뜸, 참신을 뜻한다고 해서 숭상되기도 했으나 이 백색은 간수, 보관, 처리하기가 어려워 시나브로 뒤꼍으로 밀려나고 말았다.

어릴 적 보아온 옷마름질을 머릿속에 그려본다.

지난 날 우리네 할머니들은 이 흰옷, 백의(白衣)의 매무새를 위해 무던히도 손을 썼다. 일꾼들의 등걸이나 아래만 가린 아이들의 잠방이는 살 안 나오게 듬성듬성 꿰매면 쉬웠으나 출입깨나 하는 고래등 기와집에 사는 어른들의 입성은 달랐다. 더욱이 입었던 옷이 아닌 생감의 경우 더욱 심했다.

폭 좁은 무명베나 널따란 광목은 아궁이에서 타고 난 재로 받쳐 내린 잿물로 몇 번 빨아 잿물기를 일차로 우려냈다가 그늘에 말렸다. 거의 마르면 가지런히 개여 그 위에 올라서 발로 밟았다. 푸석푸석한 기죽이기 작전이었다. 풀을 메긴 뒤 고루 펴지라고 다시 밟는다. 그리곤 다듬이질을 했다. 입을 사람의 키와 품을 작량(酌量)하여 가위로 마름질을 한다. 실, 바늘로 옷고름과 동정 깃을 달면 끝나는 듯하나 아니었다.

또 한 차례 끝마무리로 놋쇠 다리미에 이글거리는 숯불을 얹어 바닥을 달군 뒤 한 모금 입속에 물을 담는다. 요즘의 스프레이식으로 입을 오므려 확 뿜어내어 옷바닥 전면에 물기를 안겨주고 그 위에 다리미질을 해야만 끝이 났다.

이런 일들은 손이 많이 가고 품도 많이 드는 이른바 백의에 바치는 여인네들의 정성이었고 평생을 보내다시피 해야 하는 여인의 숙명이기도 했다.

한 번 나갔다 오면 의관갱불착(衣冠更不着)을 신조로 삼는, 출입깨나 하시고 갓에 도포 자락을 꼭꼭 차리시는 의관정제(衣冠整齊)해야 하는 양반네들의 옷 수발을 들기란 그런 난사(難事)가 없었다. 이를 두고 누군 여인을 혹사(酷使)시키는 잔혹사(殘酷史)라고까지도 말하기도 한다지만……. 이런 여인들의 애사(哀史)를 담은 백의는 개화, 개명이라는 서구의 문물이 한양 아닌 조야로 조금씩 양반들의 머릿속을 파고들면서 색이 든 옷들이 여인들의 푸새질을 많이 멈추게 하였고 한 벌의 옷을 꾸밈에 쏟는 정성에서도 해방시켜 왔음도 복식기(服飾記) 속에서 얼마든지 볼 수 있다.

하긴 검은 색은 권위, 상징, 웅대, 거만, 창조, 정열 등등 하고 따르는 수식어가 수없이 많으나 북악산 밑 푸른 기와집이나 여의도의 둥근 지붕 밑, 그리고 서초동 쌍둥이 빌딩에 드나드는 사람들은 한결같이 검은 색 계통의 의관을 즐겨 입는다. 재판정에 나란히 앉은 법관들의 검은 법복 앞에서는 뭔지 모르게 엄숙, 숭엄, 위압감이 앞선다. 바로 그 앞에 서다 온 사람들이 토로하는 말들이다.

또한 이들만이 아니고 일차 왕행(往行)에도 시종별배(侍從別陪)를 많이도 거느린 전직 ×××이나 그룹의 총수들 누구랄 것 없이 자기 차는 말할 것도 없이 검은 흑색의 차들의 행렬을 뒤따르게 하고 있지 않는가! 흑색이 아닌 다른 색들은 얍사하고 경망스러이 보여 권위가 없다나.

어쨌든 흑색만이 존경스럽고 권위 있어 보인다고 고집하는 이 강토 백의의 배달민족은 이제 혼의(混衣)민족이라는 말이 어울릴 듯하다. 단일민족이란 자랑도 무색할 지경이다. 국제결혼 알선이란 펼침막이 거리 여기저기에 나부끼고 있어 뭘로 입막음할 수 있겠는가?

날이 다르게 변해 가는 우리네 인지(人智)는 백색 아닌 온갖 친화의 색으로 풀 먹이는 푸새로부터 고운 금수로 바꾼다는 다림질 역시 하지 않는 입성으로 바꿔 놓았다. 물속에 넣어 휘휘 내저은 뒤 꺼내어 털털 털어 입는 캐주얼 웨어. 입빠른 이들은 '캐쥬얼이, 양복이 여인네들을 해방시켰다' '백색으로부터의 여인의 해방' 을 외치지만 백색의 의관정제로부터 이 땅의 많은 여인네들을 해방시켰음은 누구도 토를 달지 못할 현실이다. 이래도 백을 엄지손가락으로 손꼽아야 하느냐고 묻고 싶다.

이른바 흑백논리(黑白論理)라고 말해도 좋다. 사전에 흑백은 검은 것과 흰 것이란 말에 이어 잘잘못, 옳고 그름, 시비(是非)라고까지 말하고 있으나 나는 흑백논리에 앞서 흑백불분(黑白不分)이라고 말하고 싶다. 검은 것과 흰 것이 뒤섞임, 즉 옳고 그름이 분명치 않다는 말이다. 그래도 한 마디 더.

'나는 사리사욕을 탐하지 않았나! 사회공리(社會公利)를 위해 헌신하고 있나!' 하고 묻는다. 세정(世情)이 어떤 때는 흑(黑)도 같고, 또 어떤 때는 백(白) 같기도 해서 흑백(黑白)을 분별(分別)하기 어려운 세상(世上)이라서 하는 넋두리다.

(2006. 12. 27)

3부

사이시옷 시비

허락 못받은 상견(相見)
짠돌이와 방뇨(放尿) 소동
진혼(鎭魂)의 노래
지푸라기의 일생
브룽크스의 거울
버림받은 단기(檀紀)
사이시옷 시비(是非)
다락 밑의 물항아리
소심증(小心症)
소나무들의 수난(受難)

허락 못받은 상견(相見)

– 시인 한하운 선배님을 기리며

선배님!

그간 무탈(無頉)하셨나요. 늦게 문안드립니다.

뜬금없이 이런 물음 편지 올리오니 용서해 주시기 바랍니다.

'저 천형(天刑)이라는 문둥병 환자 한하운(韓何雲) 시인이 우리 모교 이리농림학교를 졸업했으며 그가 1959년에 쓴 〈벽화에 붙이는 글〉을 혹 아시나요?' 하고 물었으니 말입니다.

선배님께서는 드름드름으로 이 후배가 어쭙잖은 글, 수필로 한국 문단의 문턱을 넘나든다는 것은 알고 계신 터에 장르 다른 시인의 이야기를 들먹이니 놀라우셨겠지요.

사실, 얼마 전 종로에 있는 ××문학회 사무실에서 한하운 시인이 이리농림학교 출신이라는 말을 들었고, 그 자리에서 〈벽화에 붙이는 글〉에 관한 이야기도 들었습니다.

순간 "아니, 그 문둥병, 나병(癩病)인 한센병으로 문드러져가는 육신을 달래가며 애절한 절규로 엮은 시 〈보리피리〉나 〈황토기〉는 일세(一世)를 풍미(風靡)했음은 알고 있었으나 그가 나의 선배라니……" 하고 반색을 하며 그에 관한 기록들을 얻어 왔고 나름대로 다른 기록들도 모았습니다.

다음은 모아본 것들입니다.

그는 1919년 함남 항주 태생으로 제가 출생하기 두 해 전인 1932년 이리농림학교 수의축산과(獸醫畜産課)에 입학, 1937년 3월에 졸업했습니다.

그 무렵 이리농림학교는 일제가 러일전쟁(1905), 만주사변(1931), 중일전쟁(1937) 등으로 국력이 쇠진해지자 군량미 창고격인 호남평야에서 산미증산 차원에서 이리농림학교를 설립하여 일인의 아들과 조선의 지주 유지의 아들들로 내선공학(內鮮共學)으로 격을 높인다는 학교를 세워 식민정책을 다져왔습니다. 이른바 대륙진출의 교두보로써.

1932년에는 함남 도청 관내 19명의 응시자 중 유독 한하운(본명 泰英)만이 합격했답니다. 그는 함흥공립보통학교(지금의 초등학교)에 입학하여서는 예능 계통에 뛰어난 재주를 보이며 죽 우등생으로 다녀 재동(才童) 소리를 들었습니다. 입학하기 어렵다고 소문난 이리농림학교에 입학해서는 학업성적은 말할 것도 없고 장거리 육상선수로도 이름을 내면서 문학쪽에도 개안(開眼)하여 발자크, 앙드레 지드, 헤르만 헤세 등을 섭렵하면서 습작도 시작했습니다.

졸업반이던 5학년 때인 1936년 봄에 몸 전체의 말초부 양역에 콩알 같은 결절(結節)이 생기고 궤양이 끝없이 번져 나가면서 신체에 이상이 왔습니다. 여기 저기 병원을 찾았고 성대(지금의 서울대) 병원의 기다무라(北村) 박사는 한센병이라고 진단을 내리고 소록도에 가서 치료를 받으면 낫는다고 했답니다.

"이 무슨 뇌성벽력 같은 소리가 아니냐? 사형선고가 아니드냐? 그저 눈앞이 캄캄하였다" 고 선고 받은 날 그가 토해낸 제1성이었답니다.

Q선배님!

저는 한하운 선배님 뒤 1954년도 졸업생이기에 17년 후배입니다.

1975년 56세로 요절(夭折)하셨으니 그 동안에 뵐 수도 있었으련만 실은 상견을 허락치 않아 영원히 실기(失機)하고 말았습니다. 아쉽습니다.

하긴 후배라 하더라도 육신이 만신창이가 된 그가 후배 앞에 초라한 모습으로 나타나셨을 턱이 없었으리라고도 달리 짐작은 갑니다만 선배님의 흔적을 여기저기서 뒤지다 보니 병마와 싸워 이기기 위하여 초기인 1937년 농림학교를 졸업한 뒤에는 북경대학 농학원을 졸업하고 함남, 경기도청에도 근무하다가 재발로 고향으로 돌아가 치료하시다가 1948년에는 약을 구하러 38선을 넘어 월남하였지만, 막상 월남하고 보니 천형인 문둥병을 갖고 있는 처지라 받아줄 곳, 갈 곳도 없어 풍찬노숙에 유리걸식(遊離乞食)하면서도 여러 편의 시를 발표하셨답니다.

한편으로 그처럼 천형으로 신음하는 많은 문둥병자들을 대구, 부산의 요양원병자들을 찾아 위로 격려도 하고 부평에는 신명보육원, 용인에는 동진원을 설립하여 애환을 그들과 같이하였다는 그의 일생은 오직 눈물과 한숨의 연속이었습니다.

Q선배님.

때로는 피눈물을 솟게 하는 애절함이 있는가 하면 겪지 않고는 못 쓸 찬란히 빛나는 한하운 선배님의 시들은 이미 국민들의 애송시가 되었습니다만 그의 자서전《나의 슬픈 반세기》속에 어른거리는 몇 마디 말은 잊을 수 없어 재음미하고 싶습니다.

'천형의 문둥이가 되고 보니 지금 내가 바라보는 세계란 오히려 아름답고 한이 많다.' '아랑곳없이 다 잊은 듯 산천초목과 인간의 애환이 다시금 아름다워 스스로 나의 통곡이 흐느껴진다.' '어찌(何) 내 인생이 떠도는 구름(雲)이 되었느냐?'

이래서 한 선배님은 이따금 한 조각 구름이 되어 하늘에 나는 파랑새도 되어보고 때로 길가에 팬 짙푸른 보릿대를 꺾어 보리피리도 만들어 불며 북쪽의 고향을 그리며 반겨줄 이 없는 전라도 황톳길을 걸었는지도 모릅니다. 지친 몸 버드나무 밑에서 쉬면서 '지까다비를 벗으면 발가락이 또 한 개 없어졌다' 하고 절규했는지도 모르겠습니다.

Q선배님.

모교의 수난사를 잘 아시지요.

시절이 하 수상한 것인지 세월이 좋은 탓인지 모르겠으나 모교의 교명은 이제 이 지구 위 어디서도 찾지 못하게 되었답니다.

햇수로 80년, 관립 이리농림(1918)이 공립(1925)으로 문패를 바꿔 달더니, 도립 농과대학(1947)으로 어깨 폭을 늘리더니, 다시 국립익산농공전문대학(1991), 다시 익산대학(2002)으로 장족의 발전을 했다고 들었고, 다시 작년엔가 전북대학교 캠퍼스 속으로 들어갔다고 들립니다만 이만 줄이고 옛 모교 정문을 들어서면 이런 학교의 변천도 모르는 채 시인 한하운의 시비가 아직도 오가는 사람들의 발길을 붙잡는다고 합니다.

못 만나본 한하운 선배를 갈음하여 온갖 시름 끊긴 차가운 돌덩어리 어루만지며 '가도 가도 붉은 황톳길' 이라고 피를 토한 〈전라도 길〉을 크게 읊어 후배의 도리를 다하고 싶습니다.

거듭 말씀드리거니와 이후라도 〈벽화에 붙이는 글〉을 보시면 보내주시기 부탁드립니다.

그럼 이만 총총….

2008년 4월 20일

용인에서 후배 최영종 드림

짠돌이와 방뇨(放尿) 소동

요즘 부쩍 자문자답할 때가 많다. 까닭은 있다……(?).

스크랩하고 남은 신문들을 모아 폐지장으로 간다. 두 개의 일간지, 지나간 월간 잡지, 컴퓨터 프린터를 거쳐 나온 A4 교정지들, 이것들 속에 끼워오는 광고지, 철지난 낡은 헌옷 가지와 뒤축 닳은 헌 구두에 등산화 등을 승용차 뒷좌석과 트렁크에 나누어 실으니 차가 숨차 한다.

그리 멀지않은 10분 거리에 있는 고철, 비철, 폐지, 재생, 재활용품을 산다는 '×× 자원상사'에 가면 낯익은 아저씨가 반겨준다.

운전자 내린 빈차로 저울 위에 올려지고 무게를 달고 이것들을 내려놓은 뒤 승용차 무게만 다시 달고 나서 "가져온 것들 무게가 ×××kg입니다. 여기 돈 ××, ×××원 받으세요. 요즘에는 폐상자, 폐지 주워오는 사람이 많아져서 단가가 많이 내렸습니다"라는 말을 들으면서 구수한 커피향이 모락모락 오르는 커피까지 대접 받는다.

"여보, 공돈이 생겼으니 점심 먹으러 그 집으로 갑시다" 하고 말하자 뒤 따라 올라탄 아내는 "공돈이라니요? 그동안 당신이 잘 정리하여 알뜰하게 모은 공이 얼만데요, 종이 한 장 휴지통에 버리지 않고 우리는 열심히 모으고 있으니 이젠 당신이나 나나 우리는 짠돌이가 되어가나 보오"라고 응수한다. "그럼 짠순이는 당신이고…"하고 우리는 웃었다.

짠돌이—.

분명히 말해 이 짠돌이는 국어사전에는 풀이되지 않았으나 우리 곁에서는 흔히 듣고 쓰는 말이다. 모두 돈과 얽혀 말할 때 쓰는 말이니 좀 길게 늘여 본다면 '경제적으로 웅크리기만 하는 마치 소금에 절인 돌멩이 같은 오로지 외곬으로 사고방식을 가진 사람으로 하나만 알고 둘은 모르는 꽉 막힌 사람'으로 무어나 돈이 된다면 애정을 가지고 덤비는 자린고비처럼 인색하기도 하니 폭 넓게 말해 수전노(守錢奴)의 앞 단계라고나 할까?

사실 수전노는 돈을 지나치게 아껴 모을 줄만 알고 쓸 줄을 모르는 사람을 낮게 일컫는 말이고 보니 짠돌이와는 사촌관계 쯤 되리라. 이렇게 짠돌이를 미화하다 보니 필자 자신을 두둔하는 듯 되었으나 자원 재생, 재활용이라는 점에서 보면 한 자리 두 사람의 밥값에 지나지 않지만 돈도 벌고 쓰레기 줄여 환경 정화에 일조(一助)도 한 셈이니 일석이조이고……. 짠돌이면 어떠랴 하는 자만심(自慢心)도 인다. 과문(寡聞)한지 모르나 국내 유일의 제지회사에서는 '종이 ××장을 얻기 위해서는 아마존 30년생 펄프나무가 한 그루가 죽어

간답니다' 하고 벽에 써 있다고 들었으나 아직 보지는 못했다. 함에도 회사에서 할 뒷말이 있을 법한데도 읽는 이에게 뒷말을 생각하게 하고 있다고 들었지만…….

종이는 펄프나무 뿌리에서 얻고 마구 베어내면 땅은 황폐화될 것이고 따라서 대기는 오염되어 기상이변을 가져오며 인류에게 온갖 재앙을 안겨준다. 많이 들어온 라니냐, 엘리뇨 현상에 북극, 남극의 해빙도 인간이 자초(自招)한 재앙이며, 지난해 일본의 원전유출은 하늘과 땅에 모조리 환경공해를 일으켜 세슘의 여독은 지금도 나타나고 있다.

10년 전의 옛일이다. 신문기사 생각이 난다. 한때는 금 생산 6위국이던 브라질은 아마존 밀림의 나무들을 마구 베어내어 땅을 뒤집어 사금을 캐내어 매년 3만 2천km²의 밀림을 잿더미로 만들고 지금도 우유를 얻기 위해 정글을 파괴하고 있다고 들었다. 여기만이 아니다. 금세기 들어서 신흥 강국으로 세계의 공장, 세계 매연의 집하장으로 급부상한 중국이 뿜어내는 매연은 세계에서 첫째가는 환경오염의 주범국이 되어 생태계를 무섭게 파괴하고 잠식해 들어가 매년 이로 인해 중국인 40만 명이 죽어간다고 한다.

우리는 지금 종이 한 장, 빈 깡통 하나, 담배꽁초, 건전지 하나, 플라스틱 병 하나, 냉장고 부품 하나 함부로 버리면 환경오염의 원인이 됨을 모르는 사람은 없지 않으나 '나 하나 쯤 버리면 어떠랴' 하는 가벼운 마음으로 아무렇지 않게 버려 환경오염을 부추기고 있어 눈총을 받기도 한다.

여기에 꼭 할 말은 아닌 차원이 다르다고 할지 몰라도 미국의 심리 범죄학자 제임스 윌슨의 '깨어진 유리창' 이론, 깨진 유리창 하나를 방치해 두면 그 지점을 중심으로 범위가 확산되기 시작한다는 이론으로 한 사람이 쓰레기를 버리면 그 자리에 다른 사람도 버리고 다음 사람도 버리고 계속되다 보면 마침내 큰 쓰레기 동산이 된다는 환경공해와 뗄 수 없는 이론이다. 어쨌든 우리가 매일 보는 플라타너스 한 그루는 매일 세 사람이 내뱉는 이산화탄소를 모두 흡수하고 네 사람 가까운 사람이 숨 쉴 수 있는 산소를 제공한다고 하니 나무 한 그루의 고마움을 알아야 한다. 폐지와 재생공장 이야기를 하다가 크게 외도(外道)를 했으나 다시 한 번 하려 한다.

환경공해와 연관이 있어 여기 소개한다. 결론은 '환경공해, 정화'라는 여섯 글자로 집약되지만 반년 전, 정확히 작년 6월 22일치 H신문을 보고는 정말! 정말! 그럴 수 있을까 하고 머리를 몇 번 흔들면서도 현지 특파원의 기사이기에 몇 줄 옮긴다.

2011년 6월 15일 새벽 1시 30분께, 미국 오리건주 포틀랜드의 마운트 테이버 공원에서 친구들과 술을 마시고 놀던 조시 시터(21)는 방광이 차오르는 느낌을 받았다. 시터는 주저없이 바지를 내리고 바로 옆 저수지의 고요한 수면 위로 소변을 뿜었다. 수상방뇨가 훨씬 큰 파문으로 이어질 것임을 시터로서는 당시에 알 길이 없었다. 시터가 소변을 흘려 보낸 곳은 다름 아니라 포틀랜드의 5개 옥외 식수원 중 하나였다. 방뇨 행위는 감시카메라에 그대로 잡혔고 이를 본

포틀랜드 시 수자원국에는 비상이 걸렸다. 근처 빙하에서 흘러온 깨끗한 물을 정수해 시민들에게 공급해 온 시 당국은 고민 끝에 저수지를 모두 비우기로 결정한다. 식수 2억 4천만 리터가 하수구로 방류됐고 정수비용 3만 6천 달러도 함께 떠내려갔다.

그러나 AP통신은 20일 이 조처가 시민 건강보다는 정서적 반감을 지나치게 신경 쓴 과민반응이라는 비판도 나왔다. 저수지 전체의 물에 희석된 소변은 무시해도 될 양일 뿐더러 건강한 사람의 소변은 균이 없다는 주장이다. 문제의 저수지는 평소 오리 등이 서식하며 배설물을 쏟아 동물 주검도 떠있는 곳이라는 지적도 나왔다.

한 시민은 "세계적으로 10억 명 이상이 안전한 식수를 제대로 공급 받지 못하는데, 우리는 수돗물이 누렇게 변할지 모른다고 생각하는 무지한 주민들을 달래려고 엄청난 물을 버렸다"는 글을 인터넷에 올렸다. 하지만 시 수자원국장 데이비 섀프는 "소변을 마시고 싶은 사람은 없다"며 방류 결정을 정당화 했다.

포틀랜드 시민들의 공적이 된 시터는 방송 인터뷰에서 당시 "술에 취해 상수원이 아니라 하수도 시설인 줄 알았다"고 변명했다.

시터가 어떤 처벌을 받았는지 궁금함도 우리 모두 같으나(특파원은 밝히지 않아) 다만 휴지 한 장 버림도 환경오염으로 끝내는 지구를 멍들게 한다는 행위로 몇 그램에 불과한 방뇨소동처럼 우리도 크고 무섭게 알아야 한다고 끝말로 강조하면서 한 마디 한다.

'짠돌이 되어 자원상사 찾아가면 어떻소?' 하고….

(2012. 3. 11)

진혼(鎭魂)의 노래

우연한 기회였다.

××문협에서 일본국토종단문학기행을 한다기에 오고 갈 일정을 살펴보았다. 너무도 알차고 보람도 있으리라 생각되어 기꺼이 참가했다. 갔다 오면 글감도 많을 듯했다.

사실, 지난 날 사무실에서 일보러 뻔질나게 출장을 다녀온 터라 미개지 쪽이 아니면 별 흥미가 없었으나 일본 구석구석까지 다녀본다니 입맛이 당겼다.

안 가본 저 북쪽 홋카이도로부터 시작하여 삿포로, 하코다데를 시점으로 도쿄, 오사카, 후쿠오카, 신모지까지 육, 해, 공 3차원의 교통편을 이용한다는 것. 홋카이도 여기 저기 버스를 타고 돌다 싫증나면 국내선 비행기로 하네다에 와서 도쿄의 신도청 건물의 웅장한 전망대에도 올라가 보고 다시 시속 310킬로미터로 내달린다는 신칸센 열차를 타고 오사카에도 들르고, 다시 페리로 밤새 달려 신모지항까지 크루즈여행도 맛보다가 인천으로 온다고 하니 신나는 여행길이 되겠다는 마음으로 떠나는 전날 밤은 조금은 설레었다.

당일 인천에서 떠오른 보잉기는 1시간 30분이 지나 생전 처음 보는 한적한 시골 냄새 풍기는 하코다데 공항에 우리 일행 35명을 내려놓았다. 깨끗한 거리, 서둘지 않는 사람들이란 인상이 내 머릿속에 박히면서 뜨끈한 온천수에 몸을 담그며 내일의 출전에 만전을 기해 두었다.

침대에 누우니 객지의 첫 밤이라선지 엎치락뒤치락 하다가 늦게 잠이 들어 모닝콜을 받고서 허둥대며 식당에서 줄서기도 꼴찌를 했다. 이내 게 눈 감추듯 먹어치우곤 버스에 오른다.

일본 최초의 수녀원이란 '트레피스티누' 수도원에 들러 방명록에 서명하고 카메라 셔터를 눌러 방문 기념을 남기고 하코다데의 역사적인 명물인 '고료가쿠죠'(五綾郭城)의 전망대에서 하코다데 시가지를 두루 돌아보았다. 바로 밑을 보니 16세기경 도쿠가와 바쿠후(德川幕府)시절 외적의 침입을 막기 위하여 성 바깥으로 둘러가면서 널따랗게 파서 물을 채운 방어물 해자(垓字)가 있다. 돌아가면서 보니 별 모양의 다섯 모서리가 있다. 여느 성의 해자와 달랐다. 엘리베이터로 다시 내려오면서 옛날 사람들의 성의 방비능력도 일품(逸品)이지만 다섯모를 두어 평시에는 뱃놀이하면서 스릴 있는 뱃놀이를 즐겼다니 멋을 아는 성주였음이 분명하리라고 가이드는 말을 아끼지 않았다.

문득 우리 경주의 술잔을 물 위에 띄워 놓아 주거니 받거니 했다는 안압지 생각이 났다. 그의 이런 말도 안압지 속에 넣고 풍류의 멋을 음미하면서 성 한 모퉁이를 돌아드니 은은하면서도 심금을 울리는 가요가 내 귀를 이끈다. 다가서 보니 날렵한 승용차 앞 창문 위에 '감사감사 하코다데에!' 하는 플래카드가 걸려 있고 1,000엔이라는 숫자 위에 디스크 판이 몇 장 꽂혀 있다.

〈다구미고오지〉 음악사무소 하코다데 출장소란 글씨도 보였다. 차 옆에서는 훤칠한 키에 미남(?) 가수가 기타를 치며 노래를 부르고 있었다.

오랫동안 안 써서 입에 거미줄이 친 일본말로 물었다.

"아노네, 시쓰레이 시마스요. 고레 오다꾸노 아루바무데스까? 아나다가 다구미고오지 상데스까?" (저 실례합니다. 이 판 선생의 앨범인가요? 당신이 바로 이 사람 다구미고오지 씨입니까?)

"하이 소우데스. 와다구시가 이레다 우다데스요. 나끼 도모오 시노비데 삿교꾸모 가시도 쓰구리마스다." (네 그렇습니다. 내가 취입한 앨범입니다. 죽은 동무를 그리워하며 작곡도 작사도 내가 했습니다.)

"센엥데스네, 자아 히도쓰 모라이마쇼." (천엔이라고요. 한 장 사고 싶습니다.)

내가 돈을 건네주자 그는 판 커버를 열고서 자기 사인을 해 주며 2006년 11월 30일자 '마이니치신문' 스크랩을 주면서 감사하다고 연신 고개를 숙인다.

나는 앞서간 일행을 뒤좇으며 스크랩을 대충 훑어보니 그가 부르는 이 노래가 애조 띄면서 조금은 애잔하게 들렸던 까닭을 알 수 있었다.

원래 해외 여행길에 나서면 나는 출장중이나 관광길이거나 남이 눈여겨보지 않는 자잘한 것들에 다가가 묻고 사진도 찍어 여행기로 쓰기를 좋아하는 버릇이 있어 건물 이야기나 사람들 이야기는 다른 여행객들에게 맡기고 만다. 이번의 여행 역시 고료가쿠의 해자만큼이나 다구미고오지의 노래 사연은 이색적인 여행기로 둔갑시키고 싶었다.

'거리의 시' 란 주제 밑에 진혼가라는 작은 제목이 있다.

—나그네인 나를 위로하고 격려해 주자고 같이 맹세한 사나이 우정/ 잊을 수가 없구려 다시 만날 길 없는 친구여/ 그저 감사 감사 고맙다는 말 밖에는… '감사합니다 하코다데여!'

교통사고로 3년 전에 죽은 사나이와 하코다데에 대한 감사한 마음을 담은 진혼가.

가수인 다구미고오지 상은 '하코다데에서부터 자기의 노래를 히트시키고 싶다' 고 하여 지난해 2006년 9월말 가고시마에서 이사 왔다.

오디션에 합격하여 20세에 상경. 유명 작곡가에게서 지도를 받아 23세에 데뷔했으나 팔리지 않아 30세에 다시 가고시미에 귀향했다. 가라오케 교실과 스넥 경영으로 생계를 꾸려가면서도 가수의 꿈을 접지 않고 좇아 달려왔다는 것.

21세기, '밀레니엄의 해에 누구도 흉내낼 수 없는 일을 하고 싶다' 하고 자가용 차로 일본 일주 드라이브에 나섰다. 그해 여름 하코다데 시내의 시장에서 죽은 친구를 만나 의기투합했다. 반달 가까이 그의 집에 머물게 되었고 식사까지도 신세지게 되었다.

"나이도 나와 비슷했고 그와 그의 가족들도 나를 가족처럼 대해주었습니다."

지금은 가고 없어졌으나 그가 즐거움으로 알고 바라는 것은 내(다구미)가 테레비에 출연하여 히트한 그 노래를 갖고 홍겨운 파티를 갖자는 일이었다. 그는 갔지만 그의 이런 기대에 부응키 위해 차로써 전국 캠페인을 계속한다고 한다.(사노이 기자)

그의 이토록 애절한 사연이 얽힌 슬픈 출세비화(出世悲話)는 소문이 소문을 불러들여 지금 그는 'FM 이루카 〈다구미에게 맡겨라〉' 라는 프로에 출연중이고 '테레비 아사히 〈센깅〉' 에도 출연중이며 '하코다데관광대사' 에 '밧푸레코드회사' 의 전속이 되어 출세가도를 달리고 있는 유망 싱어이기도 했다.

이런 출세가도를 달리도록 먹여주고 가족으로 받아주신 그 사나이, 친구. 그는 갔으나 그가 바랐던 것들을 이젠 많이도 걷어 올렸으나 그래도 그의 주검을 길게 기리기 위하여 그는 틈나는 대로 애마에 판을 싣고 나와 여기에서 노래를 불러야 직성이 풀린다는 그의 마음 알 듯도 하다.

당사자가 되어본다.

그가 작사 작곡한 〈감사하오 하코다데〉를 여기 옮겨 보려고 한다.

1) 꿈을 찾아 혼자 먼 길 나섰네/ 상념을 전하고자 소오야 부두까지/ 멋진 사람과의 만남을 찾아 일본 일주의 여행길/ 하코다데 산의 야경도 만나고 나니 잠들어가던 뜨거운 피가 끓어 오르네/ 후렴 : 하코다데 여정에 사로잡힌 사나이 로망 불타 오르네/ 감사, 감사, 하코다데시여 고마우이.

2) 하코다데 아침장의 아줌마 아저씨 땀 흘려 가며 장사하시네요/ 오징어 사시미 팔던 노래 좋아하던 아저씨/ 우리 집에 와 있으리라던 상냥한 말씀/ 위로하고 격려해 주면서 같이 맹세했던 사나이 우정/ 잊을 수 없구려 다시 못 만날 사람이여/ 감사, 감사, 고마우이.

3) 고료가구공원 오가며 마주치는 사람들/ 일생 한 번의 인생 무대/ 노래 따라 박자 치는 마음 속의 태양에/ 갈매기도 날라 내려와 슬프게 울어주었네/ 웃음도 눈물도 있는 이곳 하코다데/ 이 다음 오는 날은 사랑하는 그녀와 / 꿈이여 상념이여 이룩해 주구려 갈매기여?/ 감사, 감사, 고마우이 하코다데여!?

교통사고로 먼저 간 고마운 사람, 이런 사람을 만나게 해 준 하코다데에게 무한한 애착을 가진 그의 마음이 가사 속에 담겨 있음을 볼 수 있어 역지사지도 해 보며 이 글을 썼다.

멜랑코리에 그렇게도 약하냐고 핀잔을 할지도 모르나…….

(2007. 7. 2)

지푸라기의 일생

– 아쉬운 기와집 이야기

청탁받은 원고 테마기획 '짚'(지푸라기)이란 주제에 흠뻑 취해 잘 나가지 못하고 군데군데 어덜터덜 흠집 투성이 뿐인 글이지만 단숨에 써보았다.

흔히 사람들은 중히 여기어 정성과 힘을 다하는 일이나 이성을 그리워하는 마음을 '사랑한다' 고 하고 곁에 있어 항상 볼 수 있거나 대하고 싶을 때 바로 볼 수 있으면 '좋아한다' 고 말들 한다.

우리 아버지 역시 살아오시면서 짚을 무척 좋아하셨다. 이 짚은 농가의 일들을 도맡아 했다.

꽤나 넓은 울안을 돌아가며 쳐지는 울타리나 지붕을 새 짚으로 엮은 마름을 얹는 이엉 잇기에 짚으로 엮어 만든 멍석 역시 가을 들어서 논밭에서 거둬들인 곡식들을 널어 말리는 건조장이 되었고 때로는 집안의 일을 치룰 때 앞 뒤 마당에 펴고 손님 받는 일도 해 주었다. 뿐더러 짚으로 만들어지는 자잘한 바구니, 짚삼태기, 둥구미, 소쿠리, 옹통이, 덕석(언치), 망태며 구럭까지도 챙기셨다.

때 맞춰 얼마 전에는 ××방송에서는 밤늦게 11시 무렵부터 시작했을 법한 다큐 프라임 '한반도의 인류' 란 프로에서 원시인들이 얽어 맨 나무막대기 위에 짚을 엮어 움막을 치고 사는 모습을 보여 주었다. '아득한 옛날 사람들은 이런 움막 속에서 살면서 사냥도 했고 불을 알아내 익혀 먹었고' 하는 멘트도 나왔으나 늦게 튼 탓으로 전편 모두 못 보아 아쉬웠다.

여기에 아침에 배달된 H신문에서는 '궁궐 유일한 초가 〈창의정〉 이엉 잇기' 라는 기사 위로 커다란 사진, 한복을 입고 머리에 흰 띠를 두른 아저씨 세 사람이 짚으로 이엉을 잇고 있다. 사진 밑으로 창덕궁 직원들이 ×일 오전 서울 종로구 와룡동 창덕궁 창의정 지붕 위에서 궁에서 추수한 볏짚으로 이엉을 교체하고 있다. 창의정은 창덕궁 안의 작은 논에 임금이 직접 모를 심어 농사의 풍흉을 가늠한 곳이다—라는 설명으로 늦게나마 창덕궁, 그 안의 창의정, 그리고 작은 논이 있다는 사실도 알았으니 좀처럼 고궁을 안 찾는 에뜨랑제 같은 나에게도 꼭 가보고 싶은 마음이 들었다.

아는 것이지만 짚이란 벼, 조, 밀, 보리 따위의 이삭을 떨어낸 줄기이나 주로 벼이삭에서 알갱이를 떨어낸 줄기를 말하고, 요즘은 극히 드문 일이나 아이를 낳을 때에 산모가 까는 요, 산욕(産褥)으로 짚이 쓰이기도 했다지만 이보다 이 짚에 얽힌 말들이 많아 추억 따라 어릴 적 고향집으로 가본다.

잠간, 먼저 짚고 넘어갈 것이 있다. 짚과 지푸라기는 같은 듯하나

쓰인 뒤에는 모습이 바뀐다. 형질(形質)이 각각 다르다.

추수가 끝나면 으레 하던 집 단장 때다. 지붕이나 담을 잇기 위하여 짚, 새 따위로 엮은 마름은 새 울타리로 바뀌고 서쪽 흙담 위에는 틀어 지네모양으로 엮은 용마름이 눈비를 피하기 위해 덮이는가. 멍석은 논밭에서 찾아온 손님들을 가득 안고 가을을 보내고 지붕 위로 오른 마름은 일꾼들에 의해 묵은 마름을 걷어내면서 새 짚으로 엮은 이엉을 짚 꽁지가 아래로 가게 하여 네 곳으로 돌면서 고르게 펴고 차츰 겹치게 깐다. 처마 가까이 와서는 거꾸로 잡아 두어 번 포개어 넣는다. 다음으로 용마름을 지붕 높이 솟은 이엉 위로 길게 덮고 세로로 가로로 새끼줄을 늘여 동여맨다. 이엉들이 바람으로 일어서지를 말고 조용히 잠재우기 위해서란다.

다시 뒤꼍 장독대 쪽에 가서는 겨울철 삼동에 먹을 김칫독이며 동치미독의 묻지 않고 땅 위로 조금 비어져 나온 주둥아리 쪽을 짚으로 엮은 동그란 꽃 마름을 덮고 뚜껑도 얼어 터짐을 막기 위해 두툼한 짚 모자를 씌운다. 아래채 외양간에 가보면 소들이 추워할까 봐 등에는 짚으로 엮은 언치를 덮어주고, 바닥에는 뽀송뽀송한 새 짚이 깔아져 똥오줌이 묻지 않고 건강하게 자라도록 한다. 소가 되새김질을 하는 먹이인 말려 썬 짚이나 풀로 죽을 쒀 주고 바람구멍이 보이면 짚을 잘게 썰어 묶어 틈을 막아 주었다.

위채 모퉁이 곳간(庫間)쪽으로 돌아가 보면 벽 한쪽으로 짚으로 만든 짚삼태기, 둥구미며 가는 새끼로 씨줄 날줄 세워 짜서 만든 망태며 구럭이 걸려 있다. 그 옆으로 작년에 뽕잎을 먹을 만큼 먹어 석잠

오르면서 하얗게 창자가 보이는 누에가 비단실을 뽑아낼 집을 지을 섶도 눈에 띈다. 높다랗게 쌓여 있는 멍석. 문 위쪽에도 올해 선보인 작은 멍석도 보인다. 지나온 여름날 모깃불 피워놓고 식구들 모여앉아 옥수수에 단쑤시를 먹던 밤을 생각케 한다. 아마도 여기까지가 짚에서 쏟아진 말이며 짚들이 쓰여진 현주소다.

다음으로 지푸라기 차례다.

지푸라기는 짚의 부서진 부스러기다. 짚이나 풀 등이 마구 얼크러진 뭉텅이로 '짚북데기'를 말하니 짚 상태인 때와는 달리 모양도 쓰일 곳도 생판 다르다. 이러하기에 마당 한쪽 구석에 쌓여 있는 짚 동가리 속에는 쓸모가 끝난 듯한 짚북데기가 풀이며 나뭇가지와 함께 썩어 가면서 거름(퇴비)이 되어 돌아올 명년 농사를 준비하고 있어 짚으로의 일생을 마감해 가고 있다.

고향집은 여기서 이 천리 길. 호남 남쪽 한 귀퉁이에서 토호(土豪) 소리를 듣던 아버지의 고집은 어린 내 가슴을 한동안 아쉽게 만든 일도 있다.

우리 집보다 못사는 듯하게 보이는 홍섭이네 집은 기와집이었다. 함에도 우리 집은 머슴도 많고 몸채도 사랑채도 헛간도 곳간도 소도 두 마리고 개도 닭도 볏가리도 홍섭이네가 따라올 수 없게만 많게 보였다. 아니, 많았다.

"어머니, 왜 우리 집도 홍섭이네 집처럼 기와를 올리지 않나요? 기와집 속에서 살고 싶어요. 아버지한테 내 말 전해 줘요."

“네가 모르는구나, 지붕에 기와만 올리면 무엇 하니…. 속이 차야 하는 것이야. 아버지에게 그런 말 드렸다간 야단맞는다. 새로 나온 새 짚으로 지붕을 이고 걷어낸 마름은 퇴비로 쓰면 얼마나 곡식이 잘 되는데, 그래서 아버지는 지붕에 기와를 얹는 것을 싫어하신단다.”

어린 나에게는 쉽게 이해가 가지 않는 말씀을 해 주셨다. 그때만이 아니고 미혹(迷惑)하지 않고 이순(耳順)을 따라 사리를 분별하여 고희(古稀)의 경지를 가지고 고종명(考終命)하기에 이르렀으나 아버지의 마음이나 어머님의 말씀이 넉넉하게 내 가슴에 와 닿지 않는다.

벼 이삭부터 시작하여 인간과 떨어질 수 없게 의 · 식 · 주를 떠맡다시피 한 저 짚이나 지푸라기에게서 해답을 찾아야 할지, 아니면 멀리 가신 두 분 영전에 엎드려 물어야 할지 갈피가 안 잡히지만…….

(2010. 12. 13)

브롱크스의 거울

G형.

거두절미.

"오늘 아침 파경(破鏡)을 하였소. 다 늙어 파경이라니 하고 놀라실지 모르나 거울이 깨져 못쓰게 되었다는 말이요. 흔히 부부관계가 깨어져 이혼, 영원히 이별함은 아니니 걱정은 마시고요. 들어 보시요. 그러니까 형도 아는 것처럼 내 아침 일과의 하나가 된 면도를 할까 하고 샤워실에 들어가자마자 타일 벽 위에 붙여두었던 거울이 미처 인사도 못하고 와장창하고 내 발 앞에서 수천 조각으로 분신해 파경이 되었다는 말이요."

순간 무언지 모를 불길한 예감이 머릿속을 스치면서 오늘은 특히 언행(言行)을 조심해야겠구나 하고 마음먹으며 옆에 있는 고무장갑을 끼었소. 쓰레받기를 챙겨 한 조각씩 주워 담으려고 가까이 얼굴을 댔을 때 거기엔 수천 개의 내 얼굴이 서로 시샘들을 하고 있었소.

하나도 온전치 못한 내 얼굴을 보여주면서도 극성을 떨고 있었소.

셀 수 없게 많은 수천 개의 이지러진 내 얼굴들이 있었으니 길게도, 언챙이로도, 곰보로도, 가로로 퍼진 홍어 같은 얼굴로도, 심하게는 어떤 것은 오래된 내 어릴 적 세기(世紀)의 수수께끼로 알려진 하늘에서 나타났다던 ET의 얼굴로도 보여 얼른 얼굴을 돌리고 말았소. 그래도 내 얼굴에 어느 정도 잘 생기기보다 그런 대로 무난하다고 자랑해 오며 살아온 인생이 이렇게 처참하게 난도질당한 모양으로 나타나 조금은 흥분되었어요. 형도 알다시피 젊은 홍안 시절엔 많은 여학생들이 내 얼굴에 반해 사랑의 편지를 보내와 주었는데…….

계속 비질하며 조심스레 주워 담으면서 "그 동안 너는 내 모습을 한 치의 보탬도 뺌도 없이 그대로 비쳐준 너의 공은 인정하니 이젠 영면(永眠)이나 하려무나" 하고 조경사(弔鏡辭)로 진혼시켜 주었소.

형.

파경 전의 거울 속과 파경 속의 내 모습을 보다간 연전에 뉴욕에 들렀을 때 본 〈거울의 말〉 생각이 겹치더군요. 20년도 가까워오는 옛날 일이긴 하지만. 맨하탄의 북동쪽 할렘강을 경계로 펼쳐진 브롱크스는 뉴욕에서 유일하게 육지와 이어지는 지역으로 광대한 자연 속에 뉴욕시에서 제일 넓고 큰 동물원이 브롱크스 역에서 그리 멀리 떨어져 있지 않더군요.

뉴욕의 할렘가(街)—. 받아들여짐이 그다지 즐겨지지 않는 지명(地名)인 만큼 역 주변부터 많은 흑인들을 만났어요. 뭔가 세상을 저주

하는 듯한 슬픈 눈빛들이었소. 낡고 허름한 벽들은 붉은 스프레이로 얼룩진 낙서 천국이고 길가에 발끝에 채이고 나뒹구는 담뱃값, 껌, 마시고 버린 병들, 계단에 걸터앉은 학교 안간 소년 소녀들의 짝지움, 담배 피우는 가이(녀석)에 나이프를 돌리면서 번뜩이는 녀석, 이게 뉴욕인가 하는 것보다 황폐한 어느 시골 도시를 걷는 기분이었소. 이런 엉성한 풍경에 젖으면서 10분쯤 걸으니 분수(噴水)가 있는 광장.

안내판 따라가니 '레이니 게이트'. 3달러의 입장료를 치루고 아프리카 존을 찾아 나섰지요. 라이온이 보이지 않는 라이온 사(舍)를 지나 걸으니 다시 만난 울창한 숲, 이 브롱크스 동물원은 부지 면적이 120만 헥타르라니 동물원치고는 무척 큰 게 아닌가요. 잘 보려면 하루 이틀 가지고는 모두 볼 수 없는 곳이라니 대충 훑으며 지나가기로 하고 꼭 가보라, 특히 '거울의 사이' 라는 이곳은 빼놓지 말라는 Y사장 말대로 이곳만을 보기로 하고 계획을 확 줄였소. 노인과 어린이들을 위하여 '캐멀라이드' 라는 낙타를 모방한 원내 유람차, 아니면 로프웨이도 있었으나 나는 걸어서 가다 보니 물새들의 천국 같은 연못에는 이름 모를 온갖 크고 작은 새들이 날고 헤엄치고 먹이를 쪼아대고 제 각각 삶을 즐기고 있었어요. 이 연못의 남쪽이 바로 아프리카 존으로 인파라, 얼룩말, 기린 등이 뛰고 달리고 눈앞에 있는 나무 없는 평원 사바나에는 깊이 3m 넘게 비스듬히 파여 있어 뛺뛰기 선수라 할 영양들도 넘어 나오지 못하게 우리가 설계되어 있었으나 우리가 TV 속에서 만나던 세렝게티의 대초원보다는 '에이프스

하우스' 라는 유인원사(類人猿舍) 속에 있는 유명한 '거울의 사이' 가 얼른 보고 싶었소.

안내판 따라 걸어가니 마운틴 · 고릴라와 오랑우탄의 우리 사이에 쳐진 철 울타리에 끼워 넣은 거울이 있었소. 사람의 상반신이 내비치는 쇠 격자(格子)에 끼워진 거울이었지요.

'The most dangerous animal in the world.'

우리말로 '세계에서 가장 위험한 동물' 이라고 거울 위에 쓰여 있었소. 이른바 소리 없는 말이었어요. 순간 놀랬어요. 아니. 당황했었다고 하는 말이 옳겠지요. 여기 가보라고만 추천해 준 Y사장에게서는 이런 거울 외의 정보는 없었기에 하는 말이요.

어쨌든 이 거울에 비치는 위험스런 동물이란 무얼까요?

왜 이런 말을 거울 위에 써 놓았을까요? 이 거울 앞에 서게 되는 동물은 인간밖에는 없으니 거울에 내비치고 있는 인간에게 주는 말이 분명하데요. 간접적이긴 해도 경고라고 한다면 얼마나 냉혹하고 혹독한 메시지가 아닐까요?

이 거울에 내비치는 내 모습, 그리고 경고의 말, 이 세 가지를 한 덩어리로 뭉쳐 놓고 보니 오늘 아침에 깨어진 파경 위에 나타나던 천만가지의 내 얼굴 모습으로 거듭 얼비치고 맙니다.

애써 숨길 것도 없이 내 본디의 얼굴을 속속들이 잘 아는 형이기에 내가 지나온 날 들 속에서 자비(慈悲)네 멸사(滅私)네 하던 날들보다 입신출세란 가느다란 끄나풀에 매달려고 하다가 안타까워하던 날이 훨씬 많았음을 형도 인정하지요.

여기에 누구랄 것 없이 내가 아는 많은 얼굴들 가운데 선한 얼굴 쪽보다는 모질고 사나운 영맹(獰猛)하고 추악한 부류의 군상들의 얼굴이 차례로 떠올라 거울을 온통 메꾸어 버렸습니다.

'사람이란 천의 얼굴을 가진 지성 있는 동물이다' 라는 말이 이 거울 앞에서는 다시 실감되는 순간이었습니다.

누구나 할 수 있는 이 말이지만 거울 앞에 서면 그의 거죽인 외면만 보일 뿐이지 그 내면이 깊숙이 보이는 것은 아니니 인간이란 동물은 위험스런 존재라는 말이지요. 물론 거울 앞에서는 누구나 자기의 현재와 과거의 일들을 뒤돌아보면서 자기도 모르게 옷깃을 여미고 얼굴이 벌겋게 달아오르는 자성(自省)의 순간이라고도 들었습니다만 이것은 만물 속에서도 인간이란 호모사피엔스만이 가지는 오감이 있는 탓이라지요.

형.

사실 마음을 비춘다는 이 거울은 아득한 옛날에도 사람의 마음을 꿰뚫어 본다고 해서 경원시하면서도 늘 가까이 하려 했다고 기록되어 있네요.

—원시인들은 고인 물이나 반짝이는 운모 조각에 비친 자기 모습을 보고 그것이 어떤 괴상한 동물로 아니면 자기로 아는데 얼마나 걸렸을까? 하고 시작되는 이 기록은 몇 가지 예를 들고 있었어요.

—고대 중국 사람이 즐겨 쓰는 반사의 마법은 여기서 얻어내어 귀신들이 거기에 비친 자기 모습을 보고 무서워 도망치게 했다.

—고대 그리스의 수학자 유클리드는 거울의 반사작용을 지배하는

광학 법칙을 해명하여 거울에 얽힌 신비를 제거했다.

—로마함대가 아르키메데스가 살던 시라큐스 시를 공격했을 때 그가 만든 오목거울로 태양열을 집중 반사시켜 다가오는 함대를 태워 버렸다.

—불과 대장간의 일을 맡았다는 신인 '벌칸' 이 만든 거울은 현재와 과거와 미래를 보여주었기에 이것은 비약 발전하여 사람의 마음과 생각까지도 비춰준다고 믿어 대단한 거울로 칭송과 경외가 겹치고 있었다.

—또한 〈아라비안 나이트〉에서는 어느 족장이 아들에게 거울을 주었는데 그것은 순결한 처녀를 찾는 데 쓰였다는데 왕자는 그 거울을 보면서 마음 있는 아가씨만 생각하기만 하면 되었다. 그 여자가 순결하면 거울은 맑은 채로 있고 그렇지 않으면 흐려졌다.

이런 많은 전설들은 비록 진실이 닫갑지 않더라도 거짓말을 하지 않는다는 것에 초점들을 두고 있었다.

끝으로 레오나르도 다빈치가 가지고 있던 상아테를 두른 거울은 지금은 루브르 박물관에 소장되어 있다. 그 거울에는 이렇게 글귀가 적혀 있다.

"아, 여자여! 나에게 불평하지 마라. 나는 그대가 준 것을 되돌려줄 뿐이니."

이 말이 품고 있는 뜻에 브롱크스 동물원 거울 위에 쓰여 있는 말을 얹혀서 보면 사람에게는 본래부터 선심(善心)과 악심(惡心)이 있는데 악심이 기승을 떨더라도 거울에는 악심이 적나라하게 나타나지 않는 법. 측량도 못하는 법. 이래서 아무리 용맹스런 사자 호랑이 하이에나 같은 동물이라 할지라도 사람처럼 위험스러운 동물은 없다. 오직 귀와 부를 누리려면 사람만을 주의하라는 대인관계에 대한 경고 메시지임이 틀림없다고 생각되었고 이렇게 인간관계를 중시하는 이 나라 사람들의 박애정신도 읽을 수 있었네요. 이곳에서 시간에 쫓기면서도 나와 남이라는 인간관계를 다시 따져보면서 다시 또 하나의 의문을 얻었네요.

"소리 없는 이 경고의 말이 꼭 영맹스러운 동물들의 우리 앞에서만 주어지는 것일까?" 하고 말입니다.

버림받은 단기(檀紀)

– 숭례문 상량문을 보고

바로 며칠 전 3월 6일 일이다.

펼쳐든 아침 C일보와 H신문 모두 '숭례문 상량문' 기사가 사진과 함께 눈길을 끌었다. '바로 오늘 서기 2012년 3월 8일…' 로 시작되는 천자가 넘을 듯한 상량문 전문이 서기(西紀)로부터 시작되어 있었다.

'아니 이런 국보에는 단군기원인 단기(檀紀)로 써야 할 터인데……' 하는 생각이 어느새 화로 변하여 읽기를 그만두고 114를 돌려 "단군 성조를 모시는 단체가 있는 줄 아는데 번호를 알려 주세요" 하고 전화번호를 확인, 단군××××회로 다이얼을 돌렸다. 기사가 실린 것조차 모른다. 필자의 전화번호와 성명, 주소를 알리고 "귀 단체의 회장과 모든 분들에게 알려야 하지 않겠느냐" 고 톤 높게 말했다.

이어 신문사에도 기사 쓴 기자를 찾았다. 상량문에 단기 아닌 서기가 쓰여진 경위가 뭐냐고 묻고 싶었고 경복궁 근정전 같은 전각에도 상량문이 서기로 표기되어 있느냐고 묻고 싶었으나 외근중이라 해서 허사, 상량문을 짓고 감수하고 열흘에 걸쳐 쓰신 여러 나리들의 깊은 뜻을 알랴마는 필자 같은 소시민의 소박한 견식(見識)으로 천년만년 길이 남을 국보(國寶)가 연천(年淺)한 서기로 자리를 차지당해서야, 하는 아쉬운 마음이 끓어올랐다.

하긴 필자가 아는 유명한 분들도 그대로 받아들여 당일인 3월 8일엔 최광식 문화관광부장관, 박원순 서울시장, 김찬 문화재청장, 그리고 내외신기자들도 참석 봉안 의식이 거행되었다니 어련히 고증하고 검증했거나 숙의(熟議)하여 국사(國事)를 거행했으련만 하고 기정사실이기에 나만의 기우(杞憂)로 삼으려 했으나 그래도 마음 한구석에 아쉬움이 남아 단기가 서기에게 버림당하는 속내가 알고 싶어져 인터넷을 뒤져 보았다.

소론(所論)이란 '말하는 바, 고하다, 여쭈다, 왈가왈부하다, 토론하다' 라는 뜻으로 폭넓게 쓰이니 한 마디로 말해 '한 사람의 의견 또는 소견(所見)' 으로 'One's opinion' 임을 밝혀둔다.

잘 알지만 먼저 짚고 넘어갈 것은 기원(紀元)이란 역사상으로 연대를 계산할 때의 기준 또는 기준이 되는 첫해이고 기년(紀年)이란 기원에서부터 차례로 헤아린 햇수(The era)다.

단기는 우리나라의 기년이고 단군이 건국한 해로 우리 역사의 기년이고 역사가 오래된 국가는 기년이 있고, 연호(年號)란 세종 몇 년,

숙종 몇 년 하듯이 짧다.

그동안 면면히 이어와 올해로 단기 4344년이 되나 단기를 버린 처사를 잠깐 뒤돌아보자.

과거 일제식민지시대에는 우리 연호를 못 쓰고 남의 나라(일본) 연호를 써야만 했으나 대한민국의 단기라는 연호는 1919년 삼일운동의 핵이었던 독립선언서의 말미에 조선 건국 4252년 3월 1일로 나와 있었으나 상해임시정부에서는 구미열강과의 역학관계로 문서마다 단기가 아니고 서기로 표기되어 있어 잊혀진 연호가 되기도 했다.

그러나 1948년 7월 17일에 선포된 대한민국 헌법에는 단기 4281년이란 기년이 쓰여 있어 이 기년 표시도 헌법의 일부로 뒷날 함부로 고칠 수 없는 숫자라는 점을 강조했다. 함에도 헌법을 개정하지도 않고 법령으로 서기로 고쳤으니 불법이고 위헌이며 위헌소송을 낼 만하다. 당초 헌법을 제정할 때 법학자 유진오 박사는 헌법에 단기를 쓰는 것을 잊지 않았으니 대견하다고 칭송해야 마땅하다. 제1, 2공화국을 지나 제 3공화국에 들어서 시급한 경제발전을 위하여 미국에서 경제원조를 받아내기 위해서였는지 3.1 독립정신을 계승한 대한민국 헌법정신을 망각하고 단기를 버리고 서기를 썼다.(한국학중앙연구소 박성수 교수의 글 중에서)

한 번 올려진 상량은 되돌이켜 고칠 수 없게 되었지만 '단기연호 함께 쓰기 100만 서명운동' 이 있어 민족정신을 선양하고 있음도 이번에야 인터넷에서 알게 되어 부끄러웠다.

상량에 서기를 주자(主字)로 썼으니 옆으로 작게라도 단기를 표기했더라면 하는 아쉬움이 남았으나 풍수학적으로 저서만도 십여 권이 넘는 풍수학 대가 황종찬 교수에게 "상량문에는 서기건 단기건 연기를 하나만 써야 하는 징크스라도 있느냐" 고 물었더니 그런 건 없다고 했지만 위 단체의 '동참해 주세요' 하는 브로슈어를 보니 참여단체만도 대종교, 천도교, 광복회, 헌정회를 비롯하여 50여 개가 넘으며 '법률을 개정하여 서기와 단기를 함께 쓰자' 는 것으로 단기 사용은 위대한 5천년 역사와 문화를 세계에 알리는 계기를 만들자는 것이며 역사를 모르는 민족에게는 미래가 없다는 말로 너나없이 우리에게는 각성제가 되기도 했고 나 홀로 이불 속에서 하는 활갯짓일지 모르나 아쉬움 안고 이 글을 끝내려 한다.

(2012. 3. 11)

사이시옷 시비(是非)

– 장맛비냐, 장마비냐

먼저 묻고 싶다. '만약 당신이라면 그 꼬마의 질문에 어떻게 대답해 주었을까?' 하고 한 번 생각해 보자고…….

여기 해박한 지식으로 백점 맞는 해답을 안겨줄 독자도 있을 거고, 필자처럼 어설프고 어정쩡한 상식만으로 얼버무릴지도 모른다. 대답은 천차만별일 것이다.

바로 며칠 전 일이다. 한 달 가까이 내리던 지루했던 장마가 걷히면서 이제는 30도를 오르내리는 불볕더위가 흠뻑 젖은 대지를 달군다. 어린이 노약자들은 외출을 삼가 일사병을 주의하라는 경고 못지않게 한 발도 밖으로 옮기고 싶지 않아 집안에 콕했다.

"할아버지, 오늘 학교에서 연아와 말다툼을 했어요. 그동안 내리던 비가 장맛비예요? 장마비예요?"

초교 5학년 꼬마 순영이의 맹랑한 질문이다. 한다하는 국문학자도 소리갈을 연구하는 학자도 아니기에 '왜 너희 선생에게 물어보지 않고 나에게 묻나' 하는 속마음을 안은 채 "장맛비가 맞는 거란다. 너는 못 보았니, 얼마 전 TV에서도 아나운서가 말한 일이 있었단다."

"그럼 '장마 비' 하고 '장맛비' 는 어떻게 달라요? 장맛비는 띄어쓰기도 하지 않고 사이시옷이 있는데……. 왜 그렇지요."

이렇게 되니 대답이 궁할 것은 뻔한 일.

"저 말이다. 뉴스시간 끝 무렵에 알리는 일기예보 아나운서들의 말소리를 잘 들어 보렴."

이렇게 시답잖은 대답으로 난경(難境)을 면해야만 했다.

그 뒤 유심히 들은 꼬마 녀석이 "할아버지, 아나운서들 모두 '장맛비' 라고 말하더군요. 왜 사이시옷을 쓰는지는 내일 학교에 가서 물어 볼게요" 하고 일방적으로 매듭을 져서 우선은 사이시옷 소동은 일단락을 본 셈이다.

정말 반세기 가까이 어쭙잖은 글을 써 오면서도 명쾌한 대답을 못 해준 구겨진 체면을 TV가 살려줘 무척 고마웠다.

사실 우리는 외래어 한 마디 더할 줄 알아야 지식인으로 대우 받는다. 제나라 말이나 글은 조금 틀리고 제대로 띄어쓰기 못해도 흉은 아니었다. 세계에서 유일한 과학적 근거를 가진 우수한 언어, 한글을 가진 민족이면서도 너나없이 얼마를 제하고는 올바르게 쓸 줄 모르고 소리 나는 대로 써왔다. 모두가 그렇다는 것은 아님을 거듭 밝혀두고 필자가 이 나라의 어문을 다루는 어른은 아니기에 이러쿵 저러쿵 말하고 싶지는 않으나 어느 만큼은 순영이의 질문에 대답은

했지만 몇 마디 붙이고 싶다.

그동안 각급 학교를 거쳐 25년 넘게 공부를 해 오면서 '한글 맞춤법 통일안' 이며 '한글맞춤법' 등 까다로운 문법을 배워 왔으나 자주 바뀌기에 어제의 지식이 사문화(死文化) 된 적도 한두 번은 아니었다. 그때마다 전 국민을 대상으로 충분한 홍보를 해 주었더라면 하는 아쉬움이 들었다.

지난 7월 어느 날인가 ×신문에는 헷갈리는 '사이시옷규정 쉽게 고쳐야 한다' 는 독자의 글을 보았다. 장맛비 시비도 있었다.

이제 우리말도 국제화 하고 있다고 전제하고 나서 '장대비, 국가빛, 사이시옷, 머리말 등을 표준어로 인정하면서, '장맛비, 나랏빛, 사잇소리, 혼잣말 등은 왜 사이시옷을 표기해야만 하는지 이해할 수 없다. 애국가의 '동해물' 도 '동햇물' 로 써야 맞는 것 아닌가 ? 귀걸이 코걸이식의 사이시옷 규정을 폐지하고 또 소고기와 쇠고기를 쓸데없이 복수표준어로 인정하지 말고 혼란과 복잡성만 가중되니 '쇠가죽' 은 맞는데 '쇠달구지' 는 틀렸다고(?), 맞춤법이 복잡하고 혼란스러워지면 국민들은 "에라 모르겠다" 하고 아무렇게나 쓰고 만다. 가능한 한 원어와 원음에 충실한 원칙으로 단순화시켜 알기 쉽고 쓰기 편하게 맞춤법을 개정하길 촉구한다고 길게 고언(苦言)하고 있었다.

'장맛비' 와 '장마비' 의 차이에 관해 당국이 서둘러 맞춤법을 분명하게 정리하여 마무리했더라면 필자도 구겨진 체면은 면할 수 있었을 것이다.

사실, 아나운서들이 뉴스 끝에 말하는 소리를 들으니 한결같이 '장마비' 가 아니고 더욱 힘을 주어 '장맛비' 라고 또렷하게 발음을 해 오고 있었다. 혹여 장마비도 사전에 있나 하고 찾아보았다. 장마비는 없고 장마는 명사로 '계속해서 비가 많이 내리는 현상' 이고 장대비가 있었다. 장대처럼 굵고 거세게 내리는 비, 작달비란다. '장맛비' 는 명사로 '장마 때 내리는 비' (heavy rain)로 풀이되어 있었다. 왜 사이시옷이 들어가는지는 알 길 없었다.

교육이란 쉽게 말해 가르쳐 지능을 기르거나 지식, 교양, 품성을 바르게 하기 위하여 이끌어서 선량하게 하는 일이니, 예하면 올바른 사이시옷을 쓰는 이유라도 제대로 들을 수 있는 곳이 있었으면 하고 바라는 바다.

또 하나는 '짜장면이라 말하고 자장면' 이라고 적는다. 맞춤법 규정을 도마 위에 올려야 한다는 소리도 요란했다. 국어정책토론회 후문이다. '북엇국만 되고 북어국은 안 되나' 를 놓고도 규정 폐지와 유지입장으로 발표자 사이에 공방을 벌였고, 사이시옷도 "방송에서는 맞춤법 규정에 따라 장맛비라고 하지만 주변에서는 장마비라고 더 많이 말한다. 표기법이 된소리를 억지로 표기하려고 무리하게 집착한다" 는 것이었다. '버스냐? 뻐스냐?' 시비는 오래된 이야기고.

그래도 이 정도의 상식으로 체면이 구겨질 정도는 벗은 듯하나 띄어쓰기 역시 백점 맞게 띄어 쓸 수 없을 듯하니 체면은 다시 구겨질 것이 뻔하다. 이만큼 해서 장맛비 시비는 접어두고 사촌뻘 되는 비가 있다.

신 새벽 논물 보러 나온 농부의 바짓가랑이를 적시는 안개보다는 조금 굵고 이슬비보다는 좀 가는 비, '는개' 란 말 역시 두고두고 씹고 싶은 말이기에…….

(2011. 8. 26)

다락 밑의 물항아리

H형 어떻게 지내세요? 안부는 이만하고 고래적 이야기 하나 하고 싶습니다.

얼마 전 TV에서 방영한 '옛것들이 그리워진다. 어머님들의 부엌'을 보고 나서 써본 것입니다. 그대로 여기 옮깁니다. 하긴 지금껏 매끄럽게 풀지 못한 영년의 숙제였습니다만…….

내 고향 옛집은 아버지의 큰 키처럼 동서로 길게 이어진 일자집이었다. 열두 칸인가 된다.

안방 마루를 올라서 왼쪽 문을 열면 층층으로 가로놓인 발판이 보였다. 이 발판 대여섯 개를 딛고 오르면 바로 앉은키만 통하는 다락, 여기에는 어머님이 우리 형제들을 위한 군것질거리들을 놓아두는 창고였다. 이 발판 바로 밑에는 부엌에서 쓰는 물을 담는 내 키보다 크다는 큰 물항아리가 묻혀 있었다. 그리고 부엌문에서 대여섯 발작

나가면 줄지도 늘지도 않고 항상 그 타령으로 고여 있는 샘에서는 마알간 청수가 오르내리는 두레박에 딸려 올라오곤 했다.

꽤나 많게 짓는다는 논, 밭농사 탓으로 머슴이며 허드레 일꾼들로 끼니때마다 너댓 개의 밥상이 윗채, 아래채로 부산히 드나들었고 이 물항아리 물은 밥 짓고 설거지물로 쓰여져 낮 동안은 항상 열려져 배고픈 상태로 있다가 해가 지고 하루 일들을 마치고 잠자리에 들 무렵이면 배부른 잠을 잘 수 있었다.

"마님, 부엌일도 끝냈고 빨래 푸새도 끝냈으니 항아리에 물 길어다 부을까요?" 하고 완도댁이 물으면, "아직은 이른데……. 오늘 일 많이 했으니 먼저 쉬어요. 이따가 내가 순이와 함께 길어다 붓겠소. 정화수(井華水)란 정성이 있어야만 얻을 수 있고 이런 정화수를 마셔야만 우리 가족들이 건강하고 복도 받는다오" 하고 축시(丑時) 가까이 되어서야 손수 물동이로 열 번 가까이 길어다 가득 채웠다고 뒷날 순이 누나가 말해 주었다.

하긴 주역(周易) 같은 고서에는 밤 11시 반부터 0시 반 사이의 자시(子時)엔 모든 조화를 꾸미는 하늘의 기밀인 천기(天機)가 뒤바뀌는 시간으로 정화수란 자시 안에 가장 먼저 길은 물이라 한다. 이것은 조금이라도 더 많은 천기를 받은 물을 식구들에게 마시게 하여 보다 많은 복을 받게 하기 위해서였고 이렇게 정성 쏟아 길어온 물은 밤 동안 이 물항아리를 배부르게 해 주면서 부엌신인 '조왕신'(竈王神)을 기쁘게 했다는 신화 같은 이야기를 들은 것을 기억하며 나는 어른이 되었다.

엎어지면 코 닿을 지척에 샘을 두고도 그때 그때 필요한 만큼 길어다 쓰지 않고 물항아리 가득 남실거리게 채워두고 바가지로 퍼서 쓰고 밤에는 가득 채워 말끔히 닦인 뚜껑을 덮어 천기를 간직하였음은 오직 모성애 아니고 무엇이랴!

멀리 가신 어머님 모습 속에 웃음 띤 얼굴이 겹쳐든다. 더욱이 어머님은 샘가로 눈에 보이지 않는 마음의 금줄을 쳐두시곤 정화수에 천기가 어리는 밤, 이 무렵엔 될수록 사람의 접근을 꺼려하며 완도댁이나 순이 누나에게 잔소리처럼 "물은 쉽게 얻는다고 해서 흔전만전 헤프게 써서는 안 된다. 물을 귀하게 알고 살아야 복 받는다" 고 야무지게 일러두셨다. 이토록 어머님의 물 사랑은 유별났었다는 이야기를 물값 내고 사먹는 오늘날에는 그저 들어서 흘려 버릴 수 없는 가르침이기도 하다. 이제 꼭지만 틀면 철철 흘러나오는 수돗물, 샘이건 우물이건 스위치만 넣으면 쪼르르 따라 오르는 물, 물, 물들……. 땅을 파거나 기계를 들이대면 쏟아져 나온다는 물, 마구 쓰고도 남아 흘려 버리는 물…….

정말, 이래도 되나! 하다간 어머님의 정화수 위에 어느 날 본 신문 한쪽이 눈앞에 아른거렸다.

'세계 2백여 나라 가운데 미국 캐나다 같은 물풍년 나라에, 한국 중국 같은 물부족 나라에, 중동과 아프리카 오지의 나라들은 물가뭄 나라라 한다. 앞으로 얼마 뒤면 지구의 인구 70억 가운데 절반이 물부족으로 나라 사이에 물 때문에 큰 전쟁이 일어난다. 이런 물 전쟁이 일어날 즈음이면 그 옛날 다락 밑에 묻힌 물항아리에 길어다 붓

던 정화수마저 이 땅 위에서도 길어 담을 샘물이 마를 것이다.'

새겨들을 경고다. 방금 켰던 TV 화면이 선명하게 다시 떠오른다. 아프리카 오지의 어린이가 한 방울의 물을 얻으려고 고사리 손으로 먼지만 펄펄 나는 모래 땅위에 앉아 구덩이를 파고 모여드는 흙탕물이나마 깡통에 퍼담는 참상에, 머리에 물동이를 이고 30킬로미터나 떨어진 곳에 가서 물 그것도 3급이나 4급수만도 못한 기름기 떠도는 강물을 담아오던 여인네들의 파리한 모습에 '이럴 수가 있을까' 하고 불쌍한 생각이 들면서 '태초에도 이곳에 이토록 물이 귀했었나' 하는 바보스런 물음이 내 무식함을 책한다.

하지만 무식함을 말하기 앞서 지금 지구 곳곳에서 나약하기 짝 없는 우리 호모사피엔스들은 시달림을 받고 있다. 물과 가뭄과 바람의 횡포다. 물에 대한 고마움을 멀리 쫓아버리기도 한다. 홍수가 아니면 무서운 쓰나미로 나타나고, 아니면 가뭄으로 천 · 지 · 인을 모두 불가마 속에 넣다시피 하게 하여 타죽게 만들고, 때로는 바람 역시 천지를 핥고 지나가는 토네이도로 나타나기도 한다. 이런 것들은 기상이변의 탓이고 지구의 재변이라고도 말하나 이런 횡포는 모두 사람이 만든 기계문명이 만들어낸 환경파괴 탓이라고 한다.

조금 더 보자. 남극의 빙산에, 로키산맥의 만년설이, 알프스의 크레바스가 무너져 내린다. 자연히 해수면이 높아져 간다. 낮은 지대의 국가들은 침수된다. 반대로 물이 있어야만 생겨지는 비 역시 인색해져 만물을 태우는 가뭄으로 나타나 여기저기에 사막지대를 넓혀가고 있다는데 우리 주변은 어떠한가.

동쪽에는 비가 오고 서쪽에는 날씨가 개인다는 동우서청(東雨西晴)하는 요 근래의 한반도 사정도 기상이변이 계속되고 있다. 사계절이 있어 살기 좋은 유토피아라던 금수강산이 봄은 어디로 갔는지 찾을 길 없다. 자랑 이젠 그만 해야 한다는 소리가 높다.

이러니 어머님이 받아 주시던 천기 받은 정화수처럼 오염 안 된 맑은 물을 어데 가서 다시 마실 수 있을까 걱정된다. 우리 인간들이 만들어 낸 환경오염은 기상이변이라는 먹이사슬로 이어졌고 끝내는 정화수가 고여들 샘들을 모두 말라 죽여가고 있다. 식구들의 복 받고 무병장수를 위해 부엌을 다스린다는 조왕신을 섬기며 물을 길어다 붓던 물항아리의 신비스런 전설도 들을 길 없게 되었다. 먹이사슬 이야기로 바꿔야 할 판이다.

그래도 세월의 두께가 덕지덕지 끼었거나 깨어졌거나 아니면 가루가 되어 형체조차 볼 수 없을 다락 밑의 그 물항아리의 소식이 듣고 싶어진다. 헛된 망상이라 비웃어도 좋다.

H형. 묻고 싶네요.

"위 글로써 밤 늦게 물 길어다 붓던 그 수수께끼는 푼 셈이지만 그래도 그 물항아리를 만나고 싶다는 것은 한낱 백일몽이겠지요?" 하고 묻습니다.

한참 뒤.

"그것, 백일몽이야……" 하고 대답을 꼭 주세요.

(2007. 10. 10)

소심증(小心症)

"선생님은 우수 고객이기에 무료로 스마트폰으로 바꿔드리겠습니다" 하는 메일이 요즘 하루가 멀게 자꾸 들어와 새 기종에 대한 유혹이 생긴다.

지금 쓰는 휴대폰은 2년도 못된다. 전화번호를 적은 수첩 없이 ×××명의 번호가 입력되어 있어 한계점에 들어선 내 기억력을 도와주고 느리게나마 글자를 만들어 메시지 보내기와 어설픈 조작으로 사진도 찍기에 길 찾는 네비며 지하철 노선도 많은 도움을 주어 정도 많이 들었다. 하다간 이 폰 역시 손에 넣고 나서는 쓰는 법을 익히는 데 무척 힘도 들었는데 바꾼다면 아쉬움도 들 것이나 새것에 대한 욕심도 잠재우기가 쉽지 않다.

말 듣기로는 손바닥 위에 올려놓고 손가락으로 이리저리 밀고 당기기만 하면 원하는 자료를 얻을 수 있다니 종래의 뚜껑을 열거나 위로 밀어 올리는 불편은 없어 그토록 편리할 수 없다고들 말한다.

이러저러한 불편 없어 편할지 모르나 그만큼 집적된 회로가 더 많이 쌓여 있어 다루는 노하우를 얻어내기까지의 수고 역시 적지 않아 마음껏 부려먹으려면 편리함만큼 노력도 정비례할 것이다. 유혹은 달콤하나 선뜻 마음이 가지 않고 겁부터 난다. 또한 배우는 수고도 그렇지만 월 사용료 역시 무시 못하게 많아 수입이 없다시피 한 나에게는 다시 생각할 비싼 유혹이 아닐 수 없었다.

사실 지금의 기종 '쇼 애니콜' 역시 바탕화면 속에 떠오르는 메뉴(기능선택표)의 아이콘들을 제대로 모두 활용하지 못하고 겨우 전화사용, 사진촬영, 한글과 영어사전 찾기, 메시지 보내고 받기 쯤이다. 바로 어제도 서울 가는 버스 속에서 DMB 메뉴를 눌러 드라마를 보려 하였으나 보려는 채널이 뜨지 않아 포기하고 차에서 내려 가게에 들러 채널수를 늘려 달라고 하여 부리는 방법을 알았다.

"대단하시네요. 이만큼 폭넓게 모바일 폰을 이용한다니 놀라웁네요. 여기에 영한사전까지도 유용하게 쓰신다니 말입니다."

서비스맨에게서 듬뿍 치사를 받고 나왔지만 이 조그만 기계 하나 제대로 다루지 못하는 처지가 되어 부끄럽기도 했다.

"알게 모르게 빠르게 나이테쪽으로 줄달음치는 황혼열차에 탄 나나 당신, 우리는 날마다 새롭게 나오는 문명의 이기를 다루기가 어려워 아니, 다룰 수 없어 기계치(機械痴) 소리를 듣게 됨은 당연한 일인데 무얼 부끄럽게 생각하나요. 보시오, 저 학생들 메시지 보내는 손놀림이 저렇게 빠르지 않소. 우린 이제 운동감각이 둔해져서 안 된답니다. 세월에는 이겨낼 장사 없다 하지 않소."

어느 날 지하철 속에서 아내가 해 주는 위로의 말이었다.

하긴 바로 몇 년 전까지는 컴퓨터 맹인, 이른바 컴맹이란 말이 있었다. 이것은 제2의 인간두뇌라는 컴퓨터인 전자계산기를 다룰 줄 모르는 사람을 말했고, 그땐 할 줄 모른다고 해서 크게 흉은 아니었지만 이젠 사정이 달라졌다. 모르면 바보 취급당하게 세상이 바뀌었다. 여기 전진(前進) 행렬의 뒤쪽에나마 끼지 않고는 살아가기 힘들고 답답한 세상이 되었다.

이런 답답함을 풀려고 ×년 전 시청에서 가르쳐주는 컴퓨터 교육을 받으러 간 첫날 선생의 말, "나이가 연만하신 분들도 계시니 오늘 배운 것 잊었다고 한탄 마세요. 내일 오시면 다시 가르쳐 드리겠습니다. 젊은이들처럼 모든 것들이 빨리 익숙해질 수는 없습니다. 걱정 마시고 시간엘랑 빠지지 마시고 꼭 오세요" 하던 말이 이 글을 쓰면서도 생각난다. 착실하게 듣고 또 들어서 겨우 컴맹을 면했으나 지금도 키보드 앞에 앉으면 자판을 보고 글자 찾아 뚜닥뚜닥 하고 독수리 타법을 못 면하는 신세다. 이래서 원고지 한 장을 메우려면 수 없이 오고가는 목운동을 하게 된다.

사실, 배워 보니 이 컴퓨터 속은 미궁이었다. 부팅을 하고 작업명령을 주려면 우르르 명령어들이 바탕화면 가득히 뜬다. 진행(처리)하는 방법인 유통로가 많다. 이 길로 가다 보면 저 길이 나오고 그 길 따라가면 다시 갈려져서 샛길이 나오고 다시 다른 길 메뉴가 뜬다. 흡사 큰 가지, 작은 가지, 새끼 가지로 삼사 세대가 같이 사는 고목 같다. 이것을 누군 인체의 혈관, 모세혈관 수보다 많다고 하나 끝내는 하나의 목표점으로 집결되어 소기의 목적은 얻어낸다. 이래서 노하우가 약하면 어려움이 사실이고 때로는 갑자기 나타난 복병(伏兵) 앞에선 더럭 겁도 난다. 키 한 번 잘못 누르면 애써 만든 자료들이 날라 가면 어쩌나 하는 조바심도 들어 소심해질 수밖에 없다. 무식한 자가 용감하다는 말이 컴퓨터 세계에선 안 통하는 법이다. 앉아 있는 동안 좌불안석이다.

오늘 아침 신문에는 스마트폰보다 한 발 앞선 '컴퓨 뭐' 라는 컴퓨터와 핸드폰 기능이 합쳐진 제 4세대 폰이 나왔다고 대대적으로 선전하고 있었다.

내가 스마트폰의 욕심을 알아차린 아내는 "매월 내는 요금도 우리 세 식구중 제일 많은데… 그보다 지금도 몰라 쩔쩔 맬 때가 있어 보기 딱한데 스마트폰은 잘할 자신 있으세요. 요금 걱정일랑 뒤 제쳐 놓고…" 하는 핀잔은 다시 한 번 소심증 환자로 만들고 만다.

소심을 털어내려고 자위 아닌 독려(督勵)를 하며 살아가려는 욕심을 세워 본다.

"늙어서 할 줄 모른다는 말을 하지 말라. 아무도 받아주지 않고 오히려 열외(列外)로 취급, 바보 취급 당할 뿐이다" 라고…….

(2011. 8. 15)

소나무들의 수난(受難)

우리가 대하기 쉬운 소나무들이 많이 수난 받고 있다고 말한다.

못 먹고 못 입고 살던 60년대 보릿고개가 아닌데도 소나무는 내외로 수난 받고 있음을 알았다. 자고 나면 마천루가 눈앞을 가로막는 건축 붐에 따라 공급이 수요를 못 따르는 현상이고 좀 때 늦은 이야기이지만 학계의 실수로 제 족보(?)를 일인에게 빼앗긴 안타까운 수난사 탓도 있다는 것이다.

각설하고 수난 실태를 보자.

'일가 망한 것이 선산 팔아먹고 구부러지고 병신 소나무가 선산을 지킨다' 는 말이 바뀌어 '병신 소나무 등쌀에 선산을 망친다' 로 되었다. 곧게 자란 아름드리 소나무들이 큰집을 짓는 동량(棟樑)으로 쓰였으나 이제는 구불퉁 구불퉁하게 구부러지고 옹이에 뿔난 소나무들도 쓰임새가 많아졌다. 조직 절도단에 의해 수억대로 호가되어 부잣집 별장의 조경수로 팔리고 있고 오래된 소나무일수록 그 선호도가 높다.

이 절도단은 지난해 12월부터 전국 야산을 훑었다. 오래된 소나무만 찾고 다니는 찍새, 소나무를 파내는 굴취책, 심야에만 운송하는 운반책, 그리고 부유층에 정보를 알리는 알선책 등으로 역할을 분담하여 소나무 2백 그루를 훔쳐 16억원을 챙겼다. 밤에 굴착기로 길을 내고 보아둔 소나무들을 파내어 팔았다. 경찰은 주범 1명은 구속하고 나머지 27명은 불구속 입건, 소나무를 구입한 조경업자와 개인은 각각 절도와 장물취득 혐의로 계속 수사할 예정이라 한다.

수년 전부턴가, 전국 어디를 가건 소나무 묘목 심기부터 자란 소나무 가꾸기 열성은 부쩍 억세게 퍼져 나갔다. 늙은 소나무이고 보기 흉하게 자라난 기형일수록 값나간다는 돈바람 소문 탓으로 산비탈 쪽도 빈 땅이라면 잘 가꿔진 소나무 밭을 보게 되었다. 늘어나는 신설도로나 고속도로의 중앙 분리대나 가로수에서도 소나무를 보게 되고 이에 못지않게 높이 치솟는 마천루며 수입 호화 미장재로 아기자기하게 꾸며진 아파트의 공지에도 소나무는 단골손님이 되었다. 없어 못 파는 귀중한 상품으로 우리 곁에 다가와 있다. 희귀한 모양을 가진 소나무일수록 공급이 수요를 따르지 못하여 조경업자에게는 즐거운 비명거리가 된 것이다.

어쨌든 사람과 차들로 북적대어 시끄러운 도시를 벗어나 보자. 줄지어 심겨진 어린 소나무들이 바람에 하늘거리고 크고 작은 많은 정원수로 가득한 식목원에는 심산유곡에서 파내온 듯한 별의별 모양의 소나무들이 새 삶을 살기 위해 가로 세로 비스듬히 잇대어 다른 나무들과 묶인 채 울타리 안에서 축 처져 있음을 본다. 얼마 전까지 이런 일들, 묶고 키우고 모양내기 전정(剪定)은 원예사만이 가진 전매품으로 알았다.

조림학의 권위자 K박사는 "빈 땅에 인삼, 복분자, 오디, 블루베리 같은 특용 작물보다 소나무 키움이 소득이 높다. 대리석으로 치장한 저 고루거각의 정원수로 메타세쿼이아에 지지 않게 입체적으로 운치를 돋궈주는 청룡 백호의 기상을 지닌 노송 한 그루는 건물의 품격을 올려준다. 흔한 리모델링이나 신축되는 아파트 역시 백년 넘는 소나무 두어 그루가 끼어야만 한다"는 생각을 하게 되었으니 소나무 수난은 시작된 지 오래다.

경북 영주시의 경우 억대 소나무를 파내기 위하여 주변의 나무 40여 그루가 희생되었다고 하니 이젠 못난 소나무가 산을 망치게 된 셈이다. 남한 땅 303억 1천 3백만 평 어디를 가나 소나무 키우기 붐이다.

소나무는 생물(인간 포함)이 배출한 이산화탄소를 흡입하고 산소를 배출하여 인간에게 환경오염 감소와 가로수 경관도 향상시킨다. 서울 강북구는 서울에서 제일 먼저 소나무로 가로수 심기에 나섰다고 들어서 알고 있다.

소나무는 예로부터 우리 선인(先人)들이 신수(神樹)로 받들어 지조, 절개, 기상, 탈속, 장생 등의 상징으로 믿고 귀하게 여겨 왔기에 '남산 위의 저 소나무 철갑을 두른 듯' 하는 애국가 가사 속에서도 소나무는 예찬(禮讚)되고 있다.

속리산의 정이품 소나무에 해남군청의 왜군을 물리친 수성송, 괴산의 왕소나무, 단종의 영혼을 배웅했다는 솔고개 소나무, 나라에 변고가 있을 때마다 미리 울었다는 거창의 영송, 이 밖에도 무수한 소나무에 얽힌 설화는 많으나 모두가 호국 이야기로 이어져 성수(聖樹)로 받들어 해마다 재(齋)를 지냄도 괄목할 일이다.

홀대할 수 없는 사실은 1928년 일본인 식물학자 우에기의 농간으로 소나무가 오래 되면 껍질이 고래등처럼 갈라지고 위쪽은 붉은색이 돋는 우리의 적송(赤松)을 보고 일본적송(Japanise Red Pine)이라고 세계에 먼저 소개한 탓으로 종주국인 우리의 소나무가 일본 '아카마쓰' 로 둔갑해 있다는 사실이다. 시급히 제대로 돌려놓아야 할 학계의 과제이기도 하다.

지난 날 약소민족의 설움을 안고 이 땅에 태어난 우리 소나무에게서 반만년 동안 수백 번을 넘는 크고 작은 외침으로 구부러지고 휘어지고 깎이우고 부러지면서도 독야청청하는 기상을 배우기는커녕 요즈음 같은 소나무 수난시대가 이어지니 딱하기 그지없다.

사시사철 초록빛 잎을 피워 삶의 끈기를 북돋아 준 소나무를 우리들이 사욕을 버리고 제자리에 놓고 보는 대인의 마음을 가질 때는 언제일지…….

(2010. 11. 12)

4부

외래어 횡포

마지막 전설
절름발이 올림픽
잊혀졌던 선물 '다트'
종점인생예찬(終點人生禮讚)
진정(眞情)한 사죄(謝罪)
외래어 횡포(橫暴)
쓸개 빠진 놈들
K교수의 강한 지론(持論)
눈을 쓸어 내리는 사람들
푸드 마일리지와 정크 푸드

마지막 전설

오늘 포곡 삼거리를 지나 서울을 나가다가 차창 밖으로 물 담긴 논배미를 보았다.

하루가 다르게 도농(都農)의 경계선이 없어지는 오늘날에는 쉽게 보기 힘든 일이다. 집을 나서면 눈 닿는 곳마다 논밭이 마구 파헤쳐지고 뭉개어져서 안타까웠는데 논다운 논꼴을 보니 반가웠다. 아마도 우리 할배들의 셈으로 쳐 너댓 마지기 됨직한 논바닥에 물이 남실남실 고여 때 이른 봄바람에 조그만 파랑(波浪)을 이루고 있었다. 그리 많게 널리는 출입 안 하는 편이지만 좀처럼 보기 어려운 진풍경(珍風景)이었다.

내가 한양을 뒤로 두고 산자수명하고 명당 많아 '생거진천(生居鎭川) 사후용인(死後龍仁)' 이라는 이곳으로 삶터를 옮겨온 십년 전 그때의 이곳은 비닐하우스며 논이며 밭들이 일년 내내 제 할 일을 착실하게 해 오던 너르고 너른 땅뙈기들이었다.

길에서 뚝 꺼진 이곳들이 주인이 바뀌면서 육중한 차들이 실어다 퍼붓는 성토(盛土) 작업으로 쥐 소금 먹듯 조금씩 모습이 달라져, 땅은 값 비싼 정원수들의 수목림으로 다른 땅은 굴뚝 없는 산업현장으로, 아니면 무지개 색을 고루 갖춰 아기자기하게 꾸며놓은 그림 같은 호화 별장으로 둔갑하면서 논밭이란 이름은 슬그머니 사라져 가고 초여름날 밤 개구리들의 합창소리도 사라진 지 오래다.

이곳 용인 역시 복작대는 서울을 벗어나 밀려드는 사람들의 극성 못지않게 복지(福祉)를 위한 나리들의 배려로 경전철의 공사가 시작되면서 이 땅뙈기들은 또 한 번 변신을 해댔다. 전철이 다닐 레일이 깔릴 바닥인 상판과 이것이 놓일 기둥들을 만드는 현장이 되어 하늘 닿게 높이 선 크레인 탑이며 전기 불빛이 툭툭 튀고 파란 불이 이글이글대면서 철재를 자르고 붙이고 하는 불꽃들이 춤춰대는 일터가 되어 있었고, 바로 뒤쪽 하우스에서는 철 따라 갓 따온 온갖 유기농의 식품들이 판매대 위에서 오가는 차들을 붙잡고 있었다.

사실 지난 늦가을 이곳이 아닌 ××에서 논다랑이에 물을 담으려고 물고며 무너미를 손보는 아저씨에게 물어본 적 있다.

“봄철 모내기철도 아닌데 왜 물을 담아 두지요?”

“귀한 땅 겨울 한철인들 놀릴 수 있나요. 물 담아 얼려서 스케이트장 장사를 하려고요. 올해도 강추위가 와서 얼음이 잘 얼어줘야 할 터인데 걱정 되네요. 장사는 하늘이 시켜줘야 하니까요, 작년엔 별로…….”

더 듣지 않아도 알 만하다. 일년에 삼모작한다는 말은 들었지만 얼음 언 스케이트장까지 합친다면 사모작(四毛作)이 될 텐데 하다가 지난해 초청받아 간 남쪽 ××땅의 너른 땅들이 가꿔줄 손이 없어 일 년 365일을 놀고 지낸다는 W형의 말이 생각나면서 그 땅과 이 방금 본 물 담긴 땅의 신세를 견주어 보았다.

'그 너른 들판의 땅뙈기가 이 땅뙈기 신세보다 진정 나을까?'

씨 받아 싹 틔우고 잎 키워 꽃을 피워 열매를 맺지 못하고 노는 유휴지(遊休地)로 사람의 손길도 잊은 채 세월을 보냄이 땅으로서 할 바를 다했다고 할 수 있을까!

하긴 '땅이란 이리저리 옮길 수는 없으나 못 가꿀 땅이 없다' 는 말처럼 태어난 곳이 어디건 생성지가 어디냐에 따라 달라져 삼모작 사모작을 노리는 쉴 새 없는 땅도 있긴 하다. 다른 데도 그렇다지만 이 용인도 팔자가 늘어졌는지 생성지(生成地)인 바탕이 좋아져서인지 사랑받는 폭(이른바 땅값)이 날로 뛰어올라 시내의 중앙지 김××시장은 가장 높다고 하며 ××면의 ××리는 제일 싸다는 이야기가 얼마 전 신문에 대문짝만하게 나와 눈길을 끈 적이 있었다.

이 논뙈기 옆을 지나 40분 가까이 타고 가다 보면 도로 양옆으로 여기저기의 땅뙈기들이 주인을 갈아치우고 지목(地目)도 바꿔가면서 주인의 입맛대로 이끄는 대로 따라 새 삶 쪽으로 변신의 고통을 겪고 있음을 보고 이 땅뙈기들이 가진 지난날의 전설을 되새겨 보았다.

그 전설들이 주저리주저리 따라 나오겠지만 우선 두어 개 말을 많이 매어 말똥이 산처럼 쌓였다고도 하고, 과거 보러 한양 찾아 올라오는 말들을 매어놓았다는 '말죽거리'며 노루, 삵, 멧돼지, 호랑이들이 한양 오르내리는 과객들을 잡아 포식했다는 구름 가운데 동네 운중동(雲中洞)도 이제는 동 · 서 판교로 나뉘어 갈급(渴給)쟁이들이 평생을 모아도 들어가 살 수 없는 아방궁 값이라니 어제와 오늘의 운중동 신세를 그 누가 알았으랴!

사람 팔자가 아닌 땅 팔자 역시 시간문제란 말이 헛말이 아닌 듯 하지만 틈내어 아침에 본 포곡면 금어리의 물 담긴 그 논주인 찾아 이 논에 담긴 마지막 전설을 꼭 듣고 싶다.

올봄 모내기를 마치고 나면 철골과 시멘트 그리고 비닐 조각들이 펄럭대는 그 속에서 파릇파릇한 벼잎들이 땅 맛을 알아 파란색 띄우고 독야청청할 때면 분명 렘브란트가 그린 한 폭의 수채화가 되고도 남으리라. 보다는 "올해 농사로 종쳐야 할 듯합니다. 꼴 바꾼 주변 땅떼기들이 어찌나 극성대는지 놓아야 할 것 같네요" 하는 말 속에서 테이블 위에 수북이 쌓인 퍼런 돈다발들의 말은 주인의 목구멍 아래 깊숙이 걸려 있으리라 생각하다가 정작 전설 듣는 것을 놓쳐 아쉽다.

거듭 말하나 이젠 전 국토의 개발화 물결로 이 땅 어디를 가나 이 같은 물 잡힌 논배미는 만나지 못할 듯하기에 미완의 장으로 남기기에는 정말로 아쉽다.

설령 미완의 장이라 하더라도…….

(2008. 3. 15)

절름발이 올림픽

베이징 올림픽은 '금지 올림픽' '응원단, 대형 국기 반입 불가', '로고라고 새긴 유니폼도 못 입어.'

이것은 지난 7월 16일 조선일보 기사로 그동안 머릿속 깊숙이 박혔던 말을 불러내 주었다.

붉은 유니폼을 입고 열띤 응원을 하던 '붉은 악마' 들 모습이 연상되면서도 이대로라면 베이징 올림픽은 생경하게 들릴지 모르나 이렇게 금지 투성이라면 '절름발이 올림픽' 아니 '반조각 올림픽' 으로 불러야 하지 않을까!

경기(競技)란 서로 가진 재주로 사람들 앞에서 실력을 겨루어 잘하고 못함을 가르는 것이다. 여기엔 열띤 응원단과 열광(熱狂)된 관중들의 함성과 박수소리가 있어야 관전(觀戰)의 진미(眞味)가 있는 법인데 이 짓(?)을 하지 못한다면 불꺼진 경기장과 뭐가 다르랴, 하는 생각 때문이다.

지난 2002년 한일 월드컵 4강 때 벌린 거국적인 응원은 경기장 안팎에서 질서 있는 응원으로 마침내 우리만의 독특한 응원문화를 만들어 내었고 한국적 브랜드가 되었으며 세계인들의 이목을 서울로 모아 우리 한국의 팬으로 만들기도 했다. 이 열기는 2006년 독일 월드컵으로 이어졌고 다시 베이징 하늘이 이 코리아 열기로 달아오르기를 바랐다.

특히 재중국한국인회에서는 1만명의 응원단을 구성한다고 들린다. "아무런 무늬가 없는 같은 색깔의 옷을 입는 것은 가능하지만 한국 국기나 '레드 데블스'(Red Devils)라는 '붉은 악마' 등의 로고가 든 옷은 안 된다고 하니 우리 한국의 열띤 응원 모습을 세계 속에 다시 알리기는 어려울 듯하다"는 불만이란다.

올림픽을 개최하는 나라가 이렇게 금지 투성이를 만드는 속내는 바로 반(反)중국, 반(反)올림픽의 저해세력들이 일으킬지도 모르는 사고를 미연에 방지키 위함인 듯하다는 것. 연초부터 시작 아직껏 미해결의 장으로 남아 있는 '티베트 인권탄압', '티베트 독립반대'에 대한 대가 보복이 두려운 것이니 최근 호주의 한 인권단체는 올림픽 선수들에게 티베트 독립을 지지하는 글귀가 담긴 티셔츠를 전달할 것이라고 말하고 있다고도 들린다. 베이징올림픽조직위원회도 긴장할 만하고 금후의 금지로 인한 귀추가 더욱 주목되는 바다.

어쨌든 오랜만에 들어보는 말, 붉은 악마—. 2002년 대회 기간 동안 '대~한민국'의 함성과 함께 '짝짝짝 짝짝'의 손뼉 치는 이 열기는 우리만의 응원문화를 만들어 내어 우리 역사 속에 한 획을 긋는

쾌사(快事)였다. 뿐더러 이 열기는 바로 음반 위로 옮겨져 '꿈은 이뤄진다(2002)', '오~ 필승 코리아!' 승리를 위하여 '레츠고 투게더', '아리랑(2006)' 등 11개의 곡을 묶어 3집을 내어 국민 애창곡이 되었다. 노래방, 모바일 컬러링 서비스로도 떠서 불티나듯 팔려 나갔다. 모아진 돈 2,700만원은 늦게 출발한 한국 여자축구 발전을 위해 여자축구연맹에게 지난 5월 28일에 전달했다고 한다. "응원가 좀 불렀을 뿐인데……" 하고 붉은 악마는 겸연쩍어 했다는 후문이고.

이래서 '붉은 악마'의 대회기간 동안 순수하고 자발적인 참여의식으로 건전한 응원문화의 신기원을 이룩한 공은 크다. 함에도 2006년, 2년 전인 7월 어느 날 대불총(大佛總) 이건호 회장의 초청으로 통상과는 다른 토론회에 초청 받았다.

'대한민국응원문화정책과 발전을 위한 국민토론회'로 주최는 '한민족응원문화운동본부'(명예총재 박세직)였다. 토론장은 종교계, 학계, 체육계, 언론계 등 관련인사와 일반시민들로 입추의 여지없이 만장이었다. 나눠주는 3권의 소책자를 살펴보니 《토론회 안내》《도깨비를 숭배하는 '붉은 악마' 응원단의 정체》《붉은 악마, 무엇이 문제인가?》 하는 이색적인 내용물들이었다.

—응원 서포터스의 이름이 왜 하필 '붉은 악마'였으며 그 '붉은 악마'가 바로 우리 대한민국 응원문화의 상징처럼 되어 온 국민의 이성을 잃게 하였는지 지금도 그 이유를 알 수 없다.

—1983년 멕시코 세계청소년 축구대회 때 축구팀이 4강에 오르자 외국 언론들이 붉은 유니폼을 입고 세계 강호들을 연파한 한국 선수

들이 그라운드를 누비는 모습을 보고 '붉은 복수의 여신' (Red furies)라고 보도함으로써 그 후 이 단어가 국내에서 번역되면서 '붉은 악마' (Red devils)가 되어 서포터스에서도 그대로 받아 표기케 되면서 정착되었다.

—'붉은 악마' 의 악마는 불교에서는 지옥을 지키는 사악한 악신으로 이해되어 인간을 괴롭히는 악한 신이고 유대와 기독교에서는 하나님의 대적자로서 사람들을 멸망으로 이끄는 하나님과 인류의 적으로 여긴다.

—1994년 일본에서 아들 이름을 '악마' 로 출생신고하려다 거부당하자 제소하여 승소했으나 주변의 권유로 바꾼 사례도 있었다. 우리에게도 '붉은 악마' 는 우리들의 정서에도 안 맞는다.

—'붉은 악마' 는 그 이름을 바꿔야 한다. 대안으로 한국교회언론회에서 추천한 '붉은 호랑이' (레드 타이거, Red tiger)로 바꾸자. 이 호랑이는 한국축구협회의 상징으로 사용되고 있으며 한민족의 상징적 동물이다.

이밖에도 '응원문화와 아동교육, 누구나 좋아하고 뜻을 모아주는 이름이 좋다' '한국응원문화의 발전방향' '붉은 응원단과 밀레니엄 공동체' '구응원단 명칭은 개명되어야 한다' 등으로 토론자들의 공방은 진지하였다.

다만 처음 듣는 전설 속의 인물, 이 '붉은 악마' 의 공식 캐릭터인 치우천왕(蚩尤天王) 역시 많은 말이 오갔다. 치우천왕은 동이족의 신화 속 인물이다. 배달국의 제14대 왕으로 전쟁의 신으로서 승리를 상징하는 인물이다. 응원단 기(旗)에 그려진 흉측한 도깨비상은 바로 이 치우천왕의 얼굴이며 세계로 뻗어나가는 한국 축구를 매번 빛나는 승리로 이끌 수호신이다. 4천 5백년 만에 깨어난 치우천왕은 1999년 3월 29일 한국 대 브라질 경기가 잠실경기장에서 열려 세계 최강이라는 브라질을 1-0으로 물리쳐 불패의 신화를 보여주었고 축구팬들의 대대적인 환영을 받은 바 있는데 '붉은 악마' 를 '붉은 호랑이' 로 개명하자는 이날의 토론회는 여러모로 재검토해야 할 대상으로 어정쩡하게 막을 내렸다.

일부 종교계 관련자들의 입김으로 '붉은 악마' 의 이름이 바뀔지 모르나 토론장에 초청 받아간 국외자인 필자가 시비에 끼어들기보다는 절름발이 올림픽에서나마 우리 선수들이 많은 금메달을 목에 걸었으면 하고 빌어 본다.

비록 동북공정이네 광개토대왕비의 유네스코 문화재로의 등록의 서두름, 발해의 중국 변방주(邊方州) 등으로 '우리 역사 말아먹기' 에 광분하고 있어 경계해야 할 무서운 이웃이긴 하지만…….

(2008. 7. 23)

잊혀졌던 선물 '다트'

15년 전 선사한 선물, 까마득히 잊고 있었다.

"까마득히 잊으셨을지 모르나 이제라도 늦게 아들이 부대 사격대회에서 1등을 했답니다. 사다 주신 그 다트로 연습한 실력이 아닌가 생각됩니다. 늦게나마 감사드리고 싶어 안부 다시 올립니다" 하는 J법사님의 편지를 받았다.

선물(膳物)—. 흔히 우리들은 남에게 신세를 지면 갚기 위해 그 고마움을 말로 하거나 아니면 마음이 담긴 미량(微量)의 물건을 전달하는 것쯤으로 사람이 지킬 도리라고 생각한다. 이렇게 주고 받는 마음이 오고 가기에 우리네 삶이 즐겁고 훈훈한 인정이 싹터 살맛도 있다고들 한다.

하긴 옛날에는 이런 선물들이 딱히 얼마라는 한계는 없이 마음만 담기면 계란 한 꾸러미, 사탕 몇 알로도 충분했으나 이런 훈풍(薰風)이 오늘날처럼 물질 지상주의 아래에서는 크게 달라졌다. 인심은 조석변(朝夕變)이라는 소리가 여기 어울릴 리는 없지만…….

잘 아는 이야기이지만 '사과궤짝' 이나 '차떼기' 증여(贈與)로 바뀌었고 끝내 선물이라고 우기다가 쇠고랑 차는 선물 풍속도도 심심찮게 보게 되었다. 이때의 선물들은 반드시 입방체로서 일정한 형상을 가진 물체이거나 교환가치를 지닌 화폐(돈)이어야 한다는 관념이 주는 쪽이건 받는 쪽이건 양쪽 모두 가지게 되었다. 문명의 진화로 선물의 폭이나 양도 늘여야 하겠다고 말하기에 이르렀다. 아니, 변했다.

하지만 우리보다 훨씬 앞선 선지자들께서는 선물을 물건이 아닌 마음으로 알게 해 주셨으니 영원불멸토록 잊혀질 수 없고 사라질 수 없는 선물로 남아 있다.

굳이 말하지 않더라도 탐(貪) 진(瞋) 치(癡)의 삼독(三毒)을 자비로 구제하신 석가모니 부처님께서 설하신 법을 많은 제자들이 받아 적어 둔 많은 불경을 선물로 주셨고, 만유(萬有)의 구세주 예수 그리스도께서도 사도들을 통하여 성서(聖書)를 내려주셔서 인간의 원죄(原罪)를 사(赦)하도록 해 주셨으니 이것들보다 폭이 크고 양이 많은 선물이 있을 수 있을까.

차원을 달리 해 짧은 글, 콩트이지만 '오 헨리' 의 〈크리스마스 선물〉이나 〈마지막 잎새〉는 두 작품 모두 글 중의 주인공들에게 선물의 위대한 힘을 알려 주고 있고 독자들에게도 글 속의 주인공이 되어 선물의 진가를 느끼게 해 주고 있다. 두 작품 모두 너무도 넓게 알려져 있어 여기 글 내용을 밝히기가 두렵기조차 하다.

함에도 필자 역시 어릴 적부터 선물은 조그만 인사표시이니 신세진 사람이나 손위 어른을 뵈올 땐 조그맣게라도 정표(情表, memento)를 남겨야 하다고 아버님께서 가르쳐 주셔서 남의 집을 찾을 땐 조그만 선물일지라도 챙겨 왔다.

지난달의 일이다. 저 남쪽 전남 ××섬에서 자비의 마음을 산골마을에서 씨 뿌리며 전원생활을 하는 후배 J사장에게서 한 장의 편지를 받았다.

'인간의 훈향 펄펄 넘치는 최 선배님께' 라고 시작, 첫 머리부터 정말 인정미가 담겨 있었고, '정말 그런 일도 있었던가!' 하는 생각으로 망각의 피안 속에서 그 선물을 끌어 올렸다. 대충 그 편지 내용을 소개하면—.

나의 두 아들이 초교 5, 3학년 때였지요. 성인, 아동 겸용의 다트(Dart)를 사다 애들에게 선물하셨고, 나와 두 아들은 벽에 걸린 다트에 창 꽂기를 옥신각신 다투다시피 하면서 연습하였습니다. 대개 어른들이 집에 오시면 아이들 과자나 어른들의 담배를 사옴이 보통이나 뜻밖의 선물인 다트를 선물로 주셨기에 소중하게 여기면서 틈나는 대로 연습했습니다. 5년이 넘으니 예비용 창마저 시나브로 없어졌고 다트판 역시 구멍이 여기 저기 나면서 너덜너덜 찢어져 제구실을 못하게 되었습니다. 월간지 ××문학의 출판에 여념 없으실 선배님께 원고 보내 드릴 때 전화로 몇 차례 인사 드렸지만 이렇게 글로 써 안부와 저의 근황(近況) 올림을 용서해 주시기 바랍니다.

선배님, 저에게도 늙음의 문턱에 들어선다는 고희가 찾아와 2주일 뒤에는 조촐하게 일가 어른과 마을사람에 가족끼리 모여 조촐한 모임을 가질까 합니다. 너무도 많이 격조(隔阻)했기에 뵙고 싶습니다. 이곳에서도 대처 쪽으로 나가면 살 수 있겠지만 오실 때 다트를 사다 주십시오. 걸려 있는 숨죽은 다트판을 바꾸고 싶습니다. 새 다트 걸어놓고 소중하게 간직하면서 선배님의 인자하신 존안(尊顔)을 길이길이 간직하려 합니다.

무척이나 겸손, 미안, 죄송함이 아른거리는 편지였다. 그 옛날 다트를 사다 주어서 삼부자가 정신 통일, 수련을 쌓고 있었다는 사실을 까맣게 잊은 채 이런 정겨운 편지를 받고 보니 만감이 교차했다.

'그토록 하찮은 것을!' 을 하고 가볍게 여겼기에 잊고 살아 왔으나 이렇게 따지고 보니 오히려 내가 고마움을 표하고 싶었다. 하찮은 것일망정 남에게 감사하는 마음을 표시하는 그 마음이 고마웠기에 하는 말이다.

옛날부터 '때린 쪽은 발 뻗지 못해도 맞은 쪽은 발 뻗고 편히 잔다' 는 말도 있으나 내일은 마트에 나가 새 다트를 사서 먼저 보내고, '오는 고희 잔칫날 친구들과 내기해서 대박을 터뜨리기를 빕니다' 하고 격려해 주어야겠다고 마음 먹어본다.

(2012. 6. 1)

종점인생예찬(終點人生禮讚)

– 사추기(思秋期)의 아내를 생각하며

그럭저럭 햇수로 30년도 훨씬 넘는다.

청운(靑雲) 아닌 문명(文名)의 꿈을 안고 부지런히 글을 써 1974년에는 최영종 제1수필집《이색찻집》도 발간하여 조촐하게 출판기념회도 가졌다. 얼마 뒤 수필집을 보신 분들을 만나니 한 마디로 "글이 너무 딱딱해 법을 집행하는 순사 나리가 되어서 그런지…" 아니면 "부드러운 솜털 같은 글을 쓰도록 노력하기 바라네, 글은 사람 따라 간다지만…" 하고 내 직업과 연관 지어 평들을 해 주었다.

나도 쓴다 하는 마음으로 퇴고를 수없이 해서 솜털 같은 물기가 촉촉이 배인 글을 써서 말해 주던 분들에게 "나도 부드러운 서정(抒情)이 어린 글을 쓸 수도 있습니다" 하고 내민 적이 있다.

오늘에 와서 생각해 보아도 글은 나이 따라 가는 듯하다는 생각을 버릴 길은 없다. 나이테가 굵어지면서 산전수전에 이 풍진 세상에 살다 보니 보는 것, 듣는 것에 생각하는 것들이 다른 사람과 다르게 내 나름대로 보여 글감이 되곤 했다. 쓰고 나니 딱딱해지고 만다. 끝무렵 가서는 독자에게 글을 읽었다는 기억이 남도록 여운(餘韻)을 주었다. 선배 K박사는 "이 여운이 바로 세상을 옳게 살아가는 지혜로운 길로 가게 하는 삶의 철학이 때로는 될 수도 있어"라고 극찬해 주기도 했다.

오늘도 ××모임에서 얻어 들은 이야기를 소개한다. 조금은 세속(世俗)에 어둡게 사는 필자에게도 이 이야기가 흘러들어 왔으니 이미 널리 퍼졌을 것이나 그래도 이 세상을 살아가는 길, 인생 80을 아름답게 살다 온 곳으로 돌아가기까지 즐겁고 멋지게 사는 법을 가르쳐 주는 예찬(禮讚)하고픈 말들이었다.

역시 할 수 없다. 여기 이 글 역시 새봄에 파란 싹 돋아나는 푸릇푸릇함보다 간이 배인 김장거리 같은 황혼기에 접어든 할아범, 할멈의 종점인생(終點人生)들에게 들려주는 재미 없는 잡문(雜文)으로 내팽개칠 독자도 있으리라.

함에도 원기 발랄한 청·장년기를 지나 노년의 황혼기에 접어들어 지켜야 할 사항들이라는 점에서 한 번쯤 들어 봄직했다.

남자에게 첫째는 건강, 건강은 남이 대신해 줄 수 없는 귀중한 보배고, 둘째는 아내로 노경에 들수록 아내가 있어 측은(惻隱)함을 제 3자들에게 동정 받지 말고, 셋째는 늙더라도 될 수 있으면 일을 하라는 것이니 할 일 없이 빈둥대지 않도록 함이 좋다는 것이고, 넷째는 재산이라 하니 노경에 들수록 남녀 모두에게 재물(돈)은 활력(活力)에 강장제(强壯劑)도 되니 정년하거나 일손을 아들에게 물려주고 나왔다 하더라도 내 수중에 여유 있는 돈 주머니는 차고 있어야 자식들에게 괄시(恝視) 당하지 않는다는 것, 심지어 용돈 주는 할아버지를 높게 여긴다는 풍조라니 더 말해 무엇 하겠는가! 다섯째는 친구라고 하니 가까이 말벗 한둘쯤은 있어 한두 마디 하면서 하루하루를 보내지 않음은 노년의 복이라 하고—.

다음으로 여자쪽을 보자. 대동소이하니 첫째가 건강이고, 둘째가 딸이라 한다. 딸은 아들과 달라 시집만 잘 가면 사위나 사돈 쪽에서 극상의 대우를 받을 수 있고 병들어 누웠을 때 늙어 기력 떨어진 영감의 간호보다는 백배 낫다는 말이다. 천하의 남성들은 이 말을 어떻게 소화할지 궁금하다. 셋째는 재산이니 돈이란 말이다. 늙으면 돈이 남편보다 낫다는 말도 있으니 이 점 또한 남자들이 귀 새겨 듣고 아내에게 용돈 챙겨 줄 것을 잊지 말지어다. 넷째는 친구라 하니 남편 흉, 아들 자랑에 며느리 마음씨 자랑은 어진 시어머니의 몫이라 했고, 다섯 번째는 취미라 하니 모든 일일랑 아들 며느리에게 맡기고 해방되어 자기의 취미를 살려 지냄도 늙지 않는 비결이라 한다. 행여 해방(解放)하겠다고 황혼 이혼일랑 꿈도 꾸지 마시기 빌며 종점 다다른 인생을 이것으로 예찬하고 싶다.

사실 글이란 글자의 나열(羅列)이기도 하나 그 안에는 살아 꿈틀거리는 숨소리가 들려야 한다. 남이 한 말, 남이 쓴 글을 이리저리 짜맞춰 이름 붙여 작품을 내놓으면 그 글은 이미 맥주로는 김빠진 것으로 새맛이 없다. 읽는 이에게 지루함을 안겨 준다. 그 속에서 맥동(脈動)하는 숨소리일랑 들을 길이 없다. 다만 위에 소개한 것들과 황혼 이야기 역시 노인 냄새 풍기는 멋대가리 없는 글이라 하더라도 여기서는 남자에게 더 무게를 두고 싶다.

남자가 가장(家長)으로 돈 벌어온답시고 유세(有勢)를 떨고 여자를 멸시하는 악풍(惡風)의 흔적이 21세기 지금도 사라지지 않아 탈이니 ××년 전 작고하신 청량리 뇌병원장 최신해(崔臣海) 박사님이 1983년에 발표하신 〈사추기(思秋期)의 아내〉란 의창(醫窓) 수필을 요약하면—.

예전 아파트군에 사는 여성들은 거의 아침에 남편과 아이들이 다 나간 뒤는 TV 스위치를 누르게 된다. 아파트란 벽에 가리어 이웃이 보이지 않는다. '군중 속의 고독' 이라고 말했는데 작금의 문화사회에서는 '가족 속에서의 고독' 아니면 '부부 사이에서의 고독' 을 참지 못하여 기계와 친해지려는 경향이 두드러진 탓이다.

어느 통계에도 TV 보는 시간이 10년 전에는 4시간이었는데 6시간으로 늘어났다는 것은 옆에 사람이 없는 외형(外形)의 고(孤)요, 이 세상 믿을 것은 나(자기)만이라는 깨달음이 내면에 잠재한 결과다. 이토록 풍요한 물질세계가 개인(個人), 아니면 이기(利己)만을 낳고 이것들이 쌓이면서 온통 회색(灰色)의 세계로 변한다는 것. 길에서 만난 옛 친구보다 백화점에 산더미처럼 쌓인 '세일' 에 중년여성의 눈빛은 생동감을 방출한다. 남편의 머리카락엔 눈이 오는데… 하는 마음보다는 남편 시중들기와 아이 키우기, 살림 꾸려나가기 같은 짊어졌던 멍에를 어느 만큼 벗어놓자 이어 스며드는 내면의 고독의 바람은 이 땅 여인의 한평생이기도 하다.

어느 날 갑자기 느낀 허탈감은 성장한 가족들 모두 돌아앉은 화석(化石)처럼 단단해졌고 우울한 외톨이가 되어 삶의 가치가 흐릿해지는 황혼기. 그 여인. 이런 여인에게 인생의 참 의미를 찾도록 나 아닌 나를 아껴주는 아량이 아쉽다. 이제 우리에게 먹고 살기 위한 6, 70년대 흘렸던 '인생의 땀' 은 벗어난 지 오래 되었기에 인생의 의미를 살펴 보아야 할 시점을 맞이했으니 모두 자기 아닌 남도 생각할 줄 아는 사람이 되어야 한다고 박사는 강조하고 있었다.

30대는 사랑해서 살고, 40대는 마지못해 살고, 50대는 필요해서 살고, 60대는 불쌍해서 산다는 말이 다시금 머릿속에서 떠오른다.

이 글을 쓰고 나니 숙연(肅然)해진다. 부부일신이라 하지만 서로 존중하고 이해하면서 살고 있는가 하고 나 자신을 되돌아보며 종점인생예찬을 끝내려 한다. 잡설(雜說) 아니, 이설(異說)이라 해도 좋지만…….

(2010. 11. 4)

진정(眞情)한 사죄(謝罪)

– 세 번 읽은 조사(弔辭) 이야기

"아니, 사장이란 사람이 조문 와서 망인의 이름도 몰라! 이러고도 조문이고 사죄야, 입에 발린 조문 따위는 망인도 그렇지만 애비 나도 받아들일 수 없어……."

J사장은 수행비서 두 사람과 함께 장례식장을 찾아 빈소 쪽으로 고개 숙이고 발끝을 들고 나아가 피어오르는 향 촛대에 새 향을 불붙여 올리고 단 옆쪽으로 놓여 있던 하얀 국화 한 송이를 바쳐 올리고 나서 무릎 꿇고 앉아 비서가 건네주는 조사를 읽는다.

"불의에 가신 ○○님 앞에 삼가 ×××항공사 대표 ○○○는 ○○만 전 사원을 대신하여 엎드려 조의를 표하나이다. 아울러 비록 유명을 달리하셨다 하더라도 항공기의 안전을 책임진 사람으로서 유족들에게도 심심한 애도의 뜻을 표하나이다."

J사장이 정중하게 읽어 내려가자 침울, 엄숙함이 빈소 내에 감돈다. 조용히도 읽어 나가다간 감정에 복받쳐 목소리가 커지면서 흐느

끼는 듯한 대목에서는 소리가 하얀 벽에 부닥쳤다간 메아리 되어 빈소를 한층 더 무겁게 억누른다.

숨 막힐 듯한 오열(嗚咽)의 3분이란 길고 긴 순간이 지나고 일어나 위패에게 재배를 끝내고 검은 테 둘러친 망인의 사진에 잠간 시선을 주었다간 이내 두 어 발 뒤로 물러서 상주 쪽으로 돌아 상주들 앞에 절을 하고 나서 몇 마디로 조의를 표하고 일어선다. 밀려드는 다음의 조문객을 위함도 있었지만 다음 빈소의 조문도 급했다. 계획대로라면 오늘 중으로 255명이라는 망인들의 빈소도 가야 할 터인데…… 하는 강박 관념에 사로잡힌다.

"다시 한 번 조의를 표하며 망인에 관한 장례비네 보상비 및 위로금 등 일체는 회사가 성심성의를 다하여 보상해 올리겠습니다. 다음 집 조문을 위하여 이만 물러나겠습니다."

이렇게 하직 인사를 하고 J사장 일행이 일어서려는 순간.

"앉으시오. 보상도 좋소만, 당신들 우리 집 가족 세 사람, 내 아내, 큰 아들, 둘째 딸 이름들을 아오? 이름도 모르고 무엇에 대고 조문을 왔소? 조문이란 상주된 사람에게 애도의 뜻을 표하여 위문하는 것인데 나는 이런 허례적인 조문은 받아들일 수 없소. 정 하겠다면 방금 읽은 조사를 우리 가족 세 사람에게 낱낱이 하시오."

슬픔과 분노로 뭉쳐진 유족의 요구이었다.

J사장은 순간 뱉어 낼 길 없는 역겨움을 참으며 한 번을 읽고 또, 또, 세 번을 자리를 옮겨가며 읽었다. 그리고 "진정한 조문이란 진정한 사죄이어야 한다는 것을 등에 땀이 밴 채로 체험했으나 그렇다고

그날의 상주를 원망하지는 않는다며 오히려 거짓이 없는 참된 정(情)이나 애틋한 마음(True heart)이 담긴 진정(眞情)한 사죄(謝罪)가 무언가를 알았다"고 술회하고 있었다.

이 실화는 이웃나라 일본의 어느 항공사가 탑승객 250여 명을 태우고 비행 중 엔진에서 일어난 화재로 인한 항공기 추락사고로 전원 사망 사고 뒤 시신 발굴, 보상, 유족 조문 등으로 영일 없이 사태 수습에 나섰던 J사장이 쓴 후일담을 빠지지 않고 짧게 줄여 소개한 것이다.

하긴 일본의 이 ○○○항공사에만 이런 대형 참사가 일어나는 것은 아니다. 다른 나라 항공기에도 선박에도 이런 재난 사고는 세계 어느 곳이나 언제나 누구에게나 가리지 않고 찾아들 수 있을 것이다. 이른바 육상, 해상, 공중 어디서나 이런 대형 사고가 일어날 개연성(蓋然性)은 복병으로써 도사리고 있는 것이다.

우리의 간담을 서늘케 했던 대형 참사사건의 하나로 성수대교 붕괴나 삼풍백화점 붕괴사건은 시공업자의 부실에서 왔다지만 여기에서의 항공기 참사 역시 나를 제외한 불특정 다수인에게만 일어나란 법은 없고 누구에게나 언제 어느 때 어디서 어떻게 어떤 재난이건 일어날 개연성(Probability)은 다시 말해 확률은 분명히 있다.

우리 인간이라는 개체, 활동하고 사색할 줄 아는 호모사피엔스는 서로 얽혀서 살기 마련이다. 로빈슨 쿠르소도 표류하다가 무인도에 안착, 아무런 간섭받지 않고 제멋대로 살다 보니 처음엔 꿀맛처럼 좋았으나 차츰 복닥거리고 부닥치고 간섭받고 간섭하는 인간 세상이 그리워 무인도 탈출의 기회만 엿보았다는 글은 많이들 보았을 것이나 지금 우리는 사람 인(人)이라는 글자처럼 서로 빗대고 살아가면서 남에게 실수도 하여 사과도 하고 받기도 하고 때로는 사죄를 받고 하면서 구순하게 살고 있다.

생각해 보자. 오늘 하루를 살아가면서 몇 번이나 남에게 이해관계로 사과나 사죄를 청하고 남에게 몇 번이나 사과나 사죄를 받았는가!

잘 알지만 사과(謝過)란 잘못한 허물에 대하여 용서를 비는 것이고, 사죄(謝罪)란 저지른 죄나 그릇된 행동에 대하여 상대편에게 용서를 비는 것으로 얼핏 보면 두 가지 모두 용서를 빈다는 점에서 비슷하나 더 따진다면 허물은 그릇된 실수고, 과실이고 뒤의 죄는 도덕이나 종교 법률 등에 어긋나는 행위를 하여 벌을 받을 수 있는 빌미라고 말할 수 있어 그 행위자체의 크고 작음이라고 말할 수 있겠다.

바꿔 말해 사회적 비난성의 있고 없음이 다르다고 독일의 형법학자로 죄형법정주의의 원칙을 명확히 다룬 포이엘 바하(Feuerbach, 1775~1833)가 말했다고 책에서 본 일이 있지만 이 모두 영어로는 'Apology' 로 통용하고 있다.

어쨌건 사과가 되었건 사죄가 되었건 하거나 받거나 천인 천색일 것이다. 그가 지닌 사회적 지위에 따라 다를 것이니 예를 들면 슈퍼마켓 주인이나 음식점 주인들은 문 앞에 나와서 장삿속으로 하루에도 소비자는 왕이란 생각으로 수없이 사과를 입가에 붙이고 장사할 것이고 가르칠 때 교사가 든다는 회초리에서 유래한 교편(敎鞭)생활을 하는 선생들은 하기보다는 받는 쪽이 훨씬 많을 것이다.

야사(野史)로도 동화로도 전해 오는 〈벌거벗은 임금님〉 이야기는 '왕은 무죄다' 무엇이든지 못할 일이 없다는 생각에서 '왕은 무치(無恥)다' 라는 기막힌 말도 우리 역사에서는 여기저기서 보이지만 왕이나 임금님이라면 재위 동안 누구에게도 사과도 사죄도 할 일이 없었기에 이런 그가 하는 일에 따라 다를 것이란 말이다.

하지만 이런 사과나 사죄가 하는 사람의 마음의 무게에 따라 달라 좋게 말해 잡음이 조그맣게 일다가는 경우에 따라 살인이라는 무서운 결과를 낳기도 한다. 사과나 사죄의 질(質) 탓이라고나 할까? 긴 말보다 바로 'J사장의 조사 세 번 읽기' 는 어떤 설명문보다는 훌륭한 스승이 되고도 남는다.

그러니 사과나 사죄는 참된 마음을 가지고 하는 사람의 마음에서 받는 사람의 마음이 통하는 용서를 비는 마음으로 이 세상을 살아가려고 노력한다면 우리는 사악과 시비도 사라진 살기 좋은 세상에서 살게 될 것이라고 지극히 평범한 도덕 강좌를 하고 싶다.

'입에 발린 사과' 나 사죄의 말도 없어질 것이기에…….

(2004. 11. 26)

외래어 횡포(橫暴)

P형.

우리의 큰 명절 설날 아침, 많아서 이름 제대로 부르지 못한다고 자랑하던 손자 손녀들에게서 세배 받고 덕담도 많이 해 주셨는지요.

참 떡국도 맛있게 드셨는지요?

수륙으로 수 만리 떨어진 그곳이기에 안부에 얹혀 설날 소식 무척 궁금합니다. 그곳의 설날 소식이 아쉬움도 사실이지만 그보다 이쪽의 기막힌 소식을 보고하려고 합니다. 한 마디로 몇 년 사이 부쩍 기승을 떠는 외래어 횡포를 말하고 싶어서입니다.

관(官), 민(民), 언(言)까지도 끼어들어 한반도 어디를 가나 이를 섭취(?)하지 못하면 행세하기 어려운 실정입니다.

대선 파동이 지나갔고 얼마 뒤면 총선이 눈 앞에 닥치면서 조금은 수그러든 말이 있었습니다. '오픈 프라이머리' 란 말이었습니다. 대선 중에는 여의도, 광화문, 서대문 쪽의 매스컴들도 합세하여 연일 외워대고 있었습니다.

무슨 말인지 아십니까? 철자는 어떻게 하고요? 형은 박식하시고 그쪽에 사시니까 금방 '대통령선거인예비선거협의회' 라고 하시면서 'Open Primary' 라고 철자(綴字)하며, 또 미국(정당의) 예선회, 공직후보자 또는 후보지명의 당대회에서 대표자 등을 선출하는 것이라고 자세한 대답을 주시겠지만 여기서는 '완전 국민참여경선제'로 통하고 있으나 아무리 보아도 오픈이네 프라이머리가 이토록 변신할 줄은 몰랐습니다.

이 말을 듣고 나서는 웹스터 영한사전에서 프라이머리를 찾아보니 맨 끝 쪽으로 '미(美)(특히) 대통령선거인예비선거협의회' 라고 적혀 있었습니다. 웬만큼한 식자(識者)가 아니면 이런 뜻이 있는 줄 모른다고 단언하고 싶습니다.

"영어 공부 덜한 탓이라고 하지 않고 남들도 모를 거란 독단(獨斷)은 문제 있는데…" 하시면 말문이 막힙니다만……. 21세기란 밀레니엄의 고개를 넘은 이 땅에는 일찍이 듣도 보도 못한 신조어들이 범람해 우리의 아름다운 말(한글)들을 자꾸만 짓이겨 놓고 있어 국어부재(國語不在)나 망실(亡失)의 경지로 치닫는 느낌이 듭니다.

하긴 얼마 전 어느 나으리 한 분이 초등학생에게 선생도 학생도 영어로 말하고 듣기의 영어 전일 수업 이야기를 꺼냈다가 여론에 몰려 하루 만에 거둔 일도 있었습니다만 이런 보고를 하는 내가 과민한 탓일까요? 그런대로 끝까지 들어주세요.

지나간 어느 날 Q신문사와 주고 받은 말부터 시작하겠습니다.

"저 IT란 무슨 약자예요? 담당 데스크 좀 대주쇼."

'정보기술' 이네 '정보산업' 이네 하고 말들이 많아서였습니다.

"담당이 통화중인데요. 아이티(IT)라면 제가 대답하겠습니다."

안내양의 카랑한 목소리였습니다.

"정보 기술을 말하는 거지요."

그리고 영어 철자로 '인포메이션 테크놀로지' (Information Technology)하고 불러 주더군요.

"감사합니다만 이런 단어들을 볼 땐 앞에나 뒤에나 한글로 설명을 붙여 주었으면 하고 바라서 하는 말입니다. 신문의 독자층이란 다양해서 골고루 읽히는 것이 신문의 사명이라는 사실과 정확한 뜻을 알려면 조금 안다는 지식으로는 힘들기 때문입니다. 그 단어가 본래 가지고 있는 본뜻과는 다르기 때문입니다. 여기 '벤치마킹' 이란 예를 듭니다. 무슨 뜻입니까? 벤치(Bench)란 긴 의자(椅子)이고 마킹(Marking)은 표(標)가 아닙니까? 쉽게 이해가 가지 않습니다."

"기업이 특정분야에서 뛰어난 업체의 제품이나 기술, 경영방식을 면밀히 분석하여 자사(自社)의 경영과 생산에 응용하는 기술을 말합니다. 현대 신조어(新造語)입니다."

안내양의 논리 정연하고 간략하면서 감칠맛 나는 해답을 들을 수 있었습니다.

계속하여 몇 개를 더 짚어보고 싶습니다. 첨단정보시대에 살면서 시류(時流)에 못 따르는 내가 바보일지도 모른다고 생각해 봅니다.

그래도 지난 1948년 8월 15일 제1공화국 수립 이래 셀 수 없도록 많은 큰 선거 작은 선거를 치러 왔는데 2년 전 5.31 지방선거 땐 난데없이 나타난 말이 있습니다. 입후보자들이 외쳐대는 '매니페스토'(Manifesto)란 말도 알아듣지 못하여 하마터면 기권할 뻔한 일도 있었고 영자 철자도 나중에 알았습니다.

입후보자가 유권자에게 하는 성명서(聲明書), 선언서(宣言書)라는 것으로 입후보자가 유권자에게 '당선시켜 주시면 우리 고장을 위하여 이러 이러한 일을 하겠습니다' 하고 약속하는 말이었습니다. 이 말을 유권자들에게 이렇게 어렵게만 말해야 당선이 되는 건지 묻고 싶고 여기에 투표불참을 염려한 정부 속내 역시 눈여겨 볼 만했습니다.

'투표참여자에 인센티브(Incentive)를 준다' (2006년 5월 5일자 H신문)는 말 역시 투표한 사람에게 '참가한 대가나 보수로 복권이나 사은품을 준다' 는 뜻이었습니다. 또 있습니다. 꼬리를 물고 계속 떠오릅니다. 콘텐츠(Contents)란 말입니다. 이 말은 무척이나 들먹이고 있어 한국어로 귀화시켜도 될 듯하지만…. '속에 든 내용물. 알맹이' 란 뜻인데 예를 들면 문화에 관한 이것저것을 말할 때 꼭 '문화콘텐츠'로만 말하거나 써야 그 내용물이 돋보이는지…. '문화내용(물)' 이라고 말하다 보니 말 자체가 어색하고 삐걱이고 서먹거려져서 영문하고 반드시 한글과 짬뽕을 해야 직성이 풀리는지, 아니면 화자(話者)의 인격이 돋보이는지…. '문화 마인드' 역시 문화 마음이나 정신이라 하면 그 시책에 맥이 없어지고 말의 품위를 잃게 되는지….

몇 해 전 여름 관공서에서는 넥타이를 풀고 일하면서 에너지 절약하자는 '쿨 비즈 코리아'(Cool Biz Korea)의 일본식 영어를 정부가 베껴 써서 들통 난 기사도 보았고 '고궁안내문에 괴상한 영어들 많다'는 외국 관광객들의 비난 기사(2000. 3. 17. C일보)의 스크랩도 떠오릅니다.

영어강사 티파니 와이즈 여사가 "덕수궁 돌아보니 문법적으론 100점, 안 쓰는 표현 수두룩, 틀린 철자법에 오역(誤譯)도…"하고 지적했다니 한국 땅에서 이색냄새 풍겨보려고 그랬는지 모른다고 덮어두고 싶으나 그래도 나라 망신임은 분명합니다. 하긴 하늘의 별처럼 촘촘히 들어박히는 마천루 빌딩 역시 부르기 쉽잖은 외래어 이름 아니면 분양시장에서 행세를 못한다고 들은 것이 어제 오늘이 아닙니다.

옛날에 지은 아파트를 다시 개조 개축하면서 본래 이름이 촌스럽다고 해서 리모델링이라는 출처불명의 이름으로 바꿔 분양시장에 내놓는 촌극(寸劇)도 있었고, 굳이 예를 들것 없지만 하나만 들더라도 '×美 ×아트빌' 이라 하든가 얼핏 들으면 이국적인 냄새가 나는 것 같기도 하나 그 뜻을 아는 사람은 많지 않습니다.

'×르×오 몰' 이네 '계× 리×빌' 이라는 이름도 그렇고 지금 이 땅위에는 수많은 외국풍을 탄 이름들, 듣도 보도 못한 상호들이 난무하고 있으나 그 건물의 소속지는 분명하게 대한민국의 땅입니다.

이런 힘든(?) 틈새에서도 서울 한복판에 '경희궁의 아침' 이란 아파트가 버티고 있어 마음이 든든합니다. 얼마나 정이 가는 이름입니까? 모든 이에게 크게도 작게도 불러보라고 권하고 싶습니다. 클 때와 작을 때의 그 맛이 서로 다르리라 생각됩니다. 하지만 여기에 사회의 목탁이라는 언론사들도 국어의 잠식현상(蠶食現狀)에 별로 말하는 이 없이 이대로 가고 있어 국어부재 아니, 절멸(絶滅)될까 두렵습니다.

그래도 '일자리 창출' 이라는 정부의 말이 '잡(Job) 창출' 이라고는 하지 않아서 퍽 다행이라 여겨지기도 합니다. 그중에도 어느 신문사는 이런 신조어가 나오게 되면 괄호 열고 한글로 간단명료하게 설명을 붙여 주거나 아예 한글로만 써서 독자들을 사전 속에 매달리지 않게 배려하고 있어 찬사도 하고 싶고 또 '플래카드' (Placard)를 '펼침막' 으로 항상 쓰고 있어 고마움을 여기서나마 전하고 싶습니다.

정말 자고나면 얼굴 내미는 외래 신조어들 등쌀에 우리의 아름다운 말들이 쫓겨날까 겁납니다. '모기지론' 에 '프렌들리' 란 말도 슬며시 나타나 언어시장에 혀를 들이밀고 있습니다. 제발 고실고실한 우리 말이 고즈넉이 알토란같이 잘 자라도록 너나없이 나라말 지키기에 모두 마음 썼으면 하고 바라는 바입니다.

형, 인용하려면 한도 끝도 없을 듯합니다. 저의 이런 생각이 정말로 고루한 것이냐고 묻고 싶고 형도 일부러라도 '경희궁의 아침' 아파트라고 한 번 불러보아 주시기 부탁드립니다.

밤이 첫 닭의 홰소리를 몰고 곧 찾아올 듯합니다. 이만 줄입니다.

(2008. 2. 26)

쓸개 빠진 놈들

Q 형.

요즘 조용히 여론의 물결을 타는 '대안 교과서'(代案教科書) 소동을 아시나요? 참 그렇지요. 속세를 떠나 오가는 구름에 묻혀 산사에 은둔하시는 형에게 바람이 전해 드리지 않았으면 못 들을 희한(稀罕)한 소식이지요.

그 속내를 말하기에 앞서 우선 몇 군데 신문들의 사설을 비롯하여 기사, '우편향 교과서가 아니라 헌법가치에 충실한 교과서', '얼굴 내민 후소사 교과서', '대안 부족한 대안 교과서', '좌파 교과서의 독(毒)을 빼다', '인터넷에서 찾아본 노컷뉴스'의 '한일심화회(韓日心話會)' 심포지움 기록 등으로만 줄여 여기 옮깁니다.

특히 3월 25일자 H신문은 "이 대안 교과서는 이른바 뉴라이트 계열 학자들이 내놓은 근현대 '대안 교과서'로 지난날 우리가 배운 기존 교과서가 대한민국의 정통성을 부정하고 좌편향 역사인식을 심어준다는 이유로 교육윤리, 정치 외교학 교수로 짜인 역사학 비전공 학자들이 집필 3년만에 내놓은 교과서다. 구한말엔 조선에는 자생적 근대화의 싹도 노력도 없었다. 일본의 식민지 지배를 통해 근대 문명이 수입되고 경제성장도 이뤄졌다. 이승만, 박정희 체제는 한국에 자유민주주의를 뿌리내리고 경제발전을 이룩하는 혁명적 계기였다. 요약하면 근대화는 일본의 식민지 지배에서 비롯된 산물이다"라는 사설입니다.

실로 피가 거꾸로 솟아오르게 하는, 우리 한민족에게 이보다 더 치욕적인 망발이 있을 수 있을까요? 일본의 36년간 통치로 한국에 철로가 놓여 기차가 달릴 수 있었고, 도로가 생겨 버스가 화물자동차가 다닐 수 있었다는 이야기가 아니고 무엇입니까? 전홧줄도 그렇고…….

일본의 통치가 없었더라면 한국은 좁다란 길로 우마차 끌고 다녔을 거라는 말이니 정말 그랬을까요. 한국은 손 놓고 보고만 있었을까! 하고 생각하다 보니 지난 날 일본의 역대 각료들이 "한국의 근대화는 일본 덕이다. 한국은 일본에게 감사해야 한다"고 망언을 늘어놓기 셀 수 없도록 많았네요. "독도는 다케시마(竹島)다. 일본 땅이다"라고 억지 부림은 그만두고라도….

Q형.

형이 알다시피 나는 이 대안 교과서에 대해 용훼할 만큼의 견식도 학문도 없는 백면 선생이 집필자들에게는 무척 송구스러우나 이 대안 교과서 이야기들이 신문에 오르내리다 보니 이 한일심화회 해프닝이 다시 살아납니다. 그것은 간접적이나마 이 해프닝은 졸저(拙著) 《이승의 말똥》이란 불교수필집 133쪽에 몇 줄 쓴 일이 있어 가느다랗게나마 얽힘은 있어 한 마디 말을 하고 싶어 이 글을 씁니다.

한 마디 살찬 욕으로 '쓸개 빠진 놈들의 이야기' 이기에 "크게 외도(外道)했군!" 하고 웃으며 보아 주세요.

형은 너무 오래된 일이라 기억 밖에 있으리라 짐작됩니다만 1993년 10월엔가 남산 신라호텔에서 있은 '심포지엄' 자리에서 터져 나오는 박수소리에 서울 시민은 깜짝 놀란 일이 있었으니, "우리 일본이 한국을 지배했기에 오늘의 한국은 있었다. 국민교육과 생활향상에 이바지한 면도 많았다. 일본은 미국이나 유럽과는 달리 한국을 위해 중공업을 일으키고 항구나 항만, 철도를 건설해 주었다" 고 일본 쪽의 대표가 말을 마치고 나자, "이제 우리도 한일 양국간의 발전적 미래관계를 위해서도 이를 인정해야 한다. 일본에게 감사하자" 고 한국쪽 대표가 답사를 끝내자 만장한 청중들이 일어나 열광 환호하는 박수소리가 물 건너 일본 도쿄까지 들렸다는 해괴한 모임 이야기입니다. 이 소식을 들은 경향에서는 "쓸개 빠진 놈들" 하고 비분강개하여 이 얼빠진 회원들에게서 사죄를 받아낸 해프닝이었습니다.

3년간에 걸친 대안 교과서가 연전 우리를 성나게 했던 일본 후소사의 교과서의 재판이 아니기를 빌면서, 아니라지만 근일 이 대안 교과서를 사서 형에게도 보내고 싶어 우선 여기 몇 자 적었습니다.

밤이 깊었습니다. 부디 강건하세요.

(2008. 4. 6)

K교수의 강한 지론(持論)

바캉스의 하이라이트인 8월 들어 지난 1주일 내내 찾아드는 인파로 도로며 샛길이며 산에 강 그리고 해수욕장들은 지독한 몸살을 앓았다고 한다. 직장인들의 바캉스에 토요 휴무에 여기에 60돌을 맞는 광복절이네 하여 전국 명산, 요수 찾아 오가는 인파는 5백만이 넘어 민족의 대이동이 있었다고 성급한 매스컴은 떠들어댄다.

더욱이 올해의 광복절에는 분단 이후 처음으로 북한 대표단이 축하광복 60돌 기념 '8.15 민족대축전' 에 참가하기 위하여 대거 입국하여 잔치무드는 무르 익어가고 있었다. 이토록 뜻 깊은 축제인 만큼 그 명칭도 '자주평화통일을 위한 8.15 민족대축전' 으로 한반도기의 깃발이 연일 한반도의 하늘을 온통 뒤덮고 있었다.

덩달아 필자에게도 몇 해 전부터 자료 찾아가며 써오던 글을 2교, 3교를 마쳐 탈고할 직전에 이른 일이다. 기쁨이랄까 뿌듯함이랄까로 마음도 설렌다.

그날 밤도 마지막 작업으로 '방 콕' 하면서 컴퓨터의 키보드와 여기저기를 다시 보곤 하다가 쉴 겸해서 세상 일이 궁금하여 늦게 텔레비전을 켰다. 광복절 특집 프로인 많이도 낯익은 K교수의 일상 대화 속의 용어(用語)에 대해서 자성(自省)을 촉구하는 날카로운 목소리가 내 심장에 깊숙이 와 박혔다.

동서양 철학에 논어, 맹자에 주역까지 섭렵했다는 K교수의 호소였다. 우리가 일상생활하면서 서로 주고 받거나 글을 쓰거나 할 때 저지르는 실수. 알고도 대수롭지 않게 말하고 또한 들어 넘기는 말들에 대하여 대오각성해야 한다고 하는 그의 날카로운 지적(指摘)들을 놓치지 않고 끝까지 들었다.

지난 1905년 을사년에 한일보호조약이란 미명 아래 조선땅에 발을 붙인 일제는 온갖 간교(奸巧)로 1910년에는 한일합방이란 사실(史實)로 조선땅을 그들의 식민지로 만들고 만다. 우리는 이것들을 일제의 말대로 '을사보호조약' 이네 '한일합방' 이네 하여 미사(美辭)로써 여과 없이 말을 하나 이 말들을 바꿔 말해야 한다고 그는 강조한다.

"누가 언제 우리(조선땅)를 보호해 달라고 했더냐?"

"어째서 합방이란 말이냐? 합방이란 둘 이상의 나라를 병합하여 한 나라를 만드는 일인데 일본의 일방적인 병합이 아닌가? 이보다 오히려 남의 영토를 한데 합해서 아주 제것으로 만들어 삼켜 버린 병탄(倂呑)이란 말이 더 적합한데…."

"을사보호조약은 강제로 맺은 굴레로 묶은 재갈 물린 조약으로 '을사늑약(乙巳勒約)' 으로 불러야 하고…."

"한 나라(조선)의 참여 의사 없이 일본의 일방적인 강제로 차지한 점령이니 오직 '일제강점(日帝强占)' 이란 말이 맞는 것이며, 해방(解放)이란 압박받거나 매였던 상태에서 풀려나 자유롭게 됨을 말한다. 빼앗긴 주권을 도로 회복함을 말하는 광복(光復)이란 말로써 우리의 자존심을 드높여야 한다는 말과 아울러 독립이란 말도 함부로 써서는 안 된다."

그의 지론(持論)은 필자에게도 다시 한 번 용어(用語) 선택에 신중을 기(期)하라는 일침(一針)으로 들렸다.

구구절절 옳은 말이다. 우리는 너나없이 이제라도 말이나 글을 쓰기 앞서 말의 선택에 관심을 쏟아야 하겠다고 다짐하면서 내 자신을 돌아본다.

사실 필자도 초등학교, 당시의 국민학교 4년생으로 일제의 무조건 항복이란 패망 소식을 라디오로 듣고 자란 종전말기생(終戰末期生)이다.

K교수는 쓰는 말을 가려 자존심 상하지 않도록 가려서 쓰자는 용어의 자유선택에 포인트를 주고 있었다. 하지만 한때는 용어 선택의 자유 없이 주어진 용어만 써야 벌 받지 않는 추억이 머릿속에서 되살아 나온다.

이젠 60년도 지난 옛 이야기다. 일제는 조상대대로 부쳐 먹던 땅을 빼앗고 간도로 몰아내고 조선 청장년을 징용으로 탄광에 보내고 징병, 학도병으로 일본인 대신 총알받이로 북지로 남양군도로 쓸어다 붓고 공출로 먹을 것에 수저며 놋 밥그릇까지 빼앗아 가면서 어린 우리 학생들에게도 황국신민 2세로 키워야 한다고 말들을 해댔다.

무모하게 만용을 부려 강국들과 교전을 벌인 일제는 물자가 딸리자 송탄유를 짜낸다고 솔갱이를 따오라, 군마(軍馬)에게 먹일 건초(乾草)도 베어오라, 하고 물량공세에 고사리 손도 동원시켰다.

뿐이던가. 일제는 우리 조선인들에게 읽히우고 가르쳐서 그들 식민지의 충실한 신민이 되도록 성도 이름도 바꾸라고 총칼을 들이댔고, 학생들에게는 일본어를 국어(國語)라고 해서 상용(常用)만을 강요했다. 용어선택의 자유도 잃었다.

일본 말 쓰라고 해서 안 쓴 학생에겐 벌로써 목걸이 패를 걸게 하고 밧낑(벌금)을 물리기도 했다. 아침이면 천황이 산다는 동쪽에 대고 절하는 동방요배를 강요했고 7백자 넘는 천황의 말이란 교육칙어를 못 외우면 교실에 남겨두고 외우기 과외공부를 시키기도 했다.

일본 궁중에서 쓰는 천황의 말은 시중의 말과 달랐다. 이 교육칙어도 궁중말로 쓰여져 있었다. 혀가 잘 돌지 않아 외우기에는 4학년 학생인 당시 필자에게도 무척 까다로워 부담이 되었다. 아침 교실에 가면 수신(修身) 시간에 외우기 검사를 했다. 못 외운 학생들에게는 무거운 짐이 되었고, 못 외워서 학교를 일부러 빠지는 학생도 있었다.

외운다 해도 글자 한 자만 제대로 외우지 못하면 회초리로 손바닥 한 대, 두 자 틀리면 두 대의 벌로 정해져 수신 시간이면 어린 학생들에게는 공포의 시간이기도 했다. 하물며 소학교 겨우 나온 어른들은 군대 가면 군인 칙유라는 2천 7백자가 넘는 천황 말투로 쓴 천황의 가르침 역시 줄줄 외워야 군대 생활하기가 부드러웠다는 이야기 역시 한정(限定)된 용어의 횡포였다.

이것을 못 외우거나 잘못 외우면 천황에게 불충했다고 해서 스스로 배 갈라 자살한 장교 이야기는 그 무렵에 떠도는 무서운 이야기였다고 기억된다.

하긴 필자가 탈고에 들어간 원고 역시 한 줄씩 뜯어 보면 용어의 선택이 제자리 찾아 들어 있는지 아니면 비슷한 꼴이기에 끌어다 썼는지 K교수에게 지적 받을 곳이 많지 않다고 장담은 못하겠다.

예증(例證)해야 할 대목에 가진 자료가 부실하여 국내도서관을 뒤지다가 얻지 못해 일본의 헤이본사(平凡社)에 서신을 보내 얻어오기도 하는 극성도 보였지만. 광복 60돌을 맞아 우리 모두의 입이나 손끝에서 해방이네, 보호조약이네, 합방이네, 하는 자존심(自尊心) 멍들게 하는 말들은 싹 강물에나 띄워 보냈으면 하고 바란다.

말이 사람의 사상, 감정, 의사를 표현, 전달하거나 이해하는 음성적 부호라면 비슷한 개념인 언어 역시 음성이나 문자를 수단으로 하여 사람의 사상, 감정, 의사 등을 표현, 전달하는 행위라고 말들 한다. 제의하고 싶다. 이제부터라도 자존심 스스로 죽이는 거르지 않은 말은 하지도 말고, 글은 쓰지도 말고 추방하자는 K교수의 강한 톤의 지론에 우리 다 같이 큰 박수 보내자고…….

(2005. 8. 17)

눈을 쓸어 내리는 사람들

지금 남쪽에는 백년 만에 처음 맞는다는 '눈폭탄' 소식이 연일 들어오고 있고 성탄과 함께 찬미 받아야 할 흰 눈꽃송이 송가(頌歌)가 장송가(葬送歌)로 바뀌어 원망, 저주, 한숨으로 세밑을 지새우고 있다. 바짝 다가든 세종(歲終)을 무척이나 우울하게 만들고 있다.

얼마 전 눈 내린 날. A골프장 옆을 지나치면서 사닥다리를 걸쳐놓고 한두 줄기가 아닌 여러 갈래로 뻗어나 자란 소나무 가지 위에 흠뻑 쌓인 눈들을 긴 막대로 털고 쓸고 훑어 내리는 것을 보았다.

'해가 나면 녹아 흘러내릴 텐데……. 성미도 급하군…' 하고 혼잣말을 남겼다.

뒤에 들으니 눈이 쌓이면 눈의 무게 때문에 가지가 휘어지다 못해 끝내는 부러진다는 것이고 한 그루에 몇 천만 원 나가는 소나무가 부러진다면 그 손해가 막대하다는 것이다. 이래서 인부를 사서 가지 위에 쌓인 눈들을 빗질하듯이 착실히 가르마를 타면서 털고 쓸어내린다는 것이다. 이것은 골프장을 경영하는 자나 관리하는 사람이라면 절대 지켜야 할 경영상의 노하우라고 했다.

이 땅에 기상청이 문 연 이후 처음의 재변이라는 열사흘간의 눈내림은 눈폭탄을 쏟아 붓는 형국이었다. 아니 누구는 핵폭탄 같다고 말하기도 했으나 솔직히 말해 나에게는 이 말들이 실감나게 들리지 않았다.

그것은 이쪽에는 이런 눈폭탄의 세례가 없던 때문이리라고 치부도 해보고 싶었으나 자고 나면 이어 들려오는 소식은 너무도 엄청나기만 했다. 길이 없어지고 공장이 축사가 비닐하우스가 무너지고 눈 치우던 장병이 공무원이 농부가 눈덩이에 맞아 부상당하고 철근 사이에 끼어 죽었다는 슬픈 소식과 함께 보는 사진으로써 현장의 참담함을 실감케 되었고 날이 갈수록 그 보도는 극을 넘어서기도 했다.

폭 10미터에 길이 20미터의 비닐하우스에 50센티의 눈이 쌓였다면 최대 30톤이 넘는 하중이 걸리게 되고 이 위에 15톤 트럭 2대가 올라간 셈이라 하니 눈의 위력은 상상을 넘고 있었다. 이땐 무너지는 것은 시간문제고 한쪽이 무너지기 시작하면 눈이 한 곳으로 몰려 붕괴는 더 빨라진다는 것. 인명에 재산 피해도 몇 십조 원에 달한다고 예상 수치들을 들먹댄다.

어릴 때 고향집 마당에서 고사리 손바닥에서 금방 녹아내리는 눈송이들을 더 많이 받으려고 하늘에 대고 뛰며 바둑이와 같이 즐거워했던 눈이란, 보드라운 어머니 젖가슴 같다는 친근미는 멀리 가 버렸다. 한 톨 두 톨 내리는 싸락눈 맞으며 싸각 싸각 눈 위를 밟으며 발자국 밟기로 바짓가랑이를 흠뻑 적시던 낭만은 자연보호가 무언 줄도 모르는 그 옛날로 나를 이내 끌어다 놓지는 못했다.

하지만 인부 사서 눈을 털어 소나무 가지의 부러짐을 막으려는 적극적인 이 일을 나는 자연보호 제 1경(景)이라 부르고 싶다. 현대를 사는 CEO들은 자연보호가 잘 되면 돈도 벌고 돈이 모이면 자연보호도 된다는 경영학 에이비씨를 잘 알고 있다고 한다. 조금 각도를 바꾸고 싶다. 종내는 제1경과 같은 자연보호 맥락(脈絡)이지만….

이웃 일본 이야기다. 어느 컨트리클럽에서 있었던 실화로 자연보호 제 2경으로 삼고 싶어 여기 소개한다.

늦가을 어느 날. 벼의 등을 익히기에는 알맞은 날씨, 널따란 페어웨이는 볼 치기에도 제격. 파아란 하늘에는 작고 작은 무수한 비행기들, 잠자리들이 은빛 날개를 번뜩이고 있었다. 비행하던 잠자리 한 마리가 수직 강하하더니 티 위에 올라 앉아 날개를 쉬고 있을 때다. 멀리서 클럽에게 맞고 굴러온 볼이 이 잠자리 날개 위에 살며시 올라앉았다.

골프장에서 플레이를 시작할 때 볼을 올려놓는 곳, 이른바 티업 위에 잠자리가 날아와 앉아 있으니 어찌할 것인가!

손 흔들어 쫓을 것인가? 아니면 클럽을 휘둘러 잠자리가 으깨져 죽는 것 상관없이 플레이를 계속할 것인가? 안 치면 한 점 로스인데… 머뭇 머뭇거리면서 한참을 기다렸다. 이윽고 2분 남짓(?), 맘껏 피로를 회복했는지 고맙다는 인사도 없이 잠자리는 다시 푸른 하늘 속으로 사라졌고 그때에야 볼을 쳤다는 이야기다.

"정말 훌륭하십니다. 2분이 될지 말지였지만 참고 기다리는 마음 정말 배울 바입니다. 우리 같으면 기다림 없이 곧바로 공을 날렸을 텐데……."

그의 이 맑고 밝은 이야기는 널리 널리 퍼지면서 자연보호 상까지도 받았다고 하니 이것이 적극적인 자연보호(?), 아니면 소극적인 자연보호(?) 어느 쪽으로 셈해야 할지…….

헌데 다시 일본 이야기 하나 더.

웬만한 식자라면 '료칸'(良寬, 17~8세기 일본 에도시대 때의 선승, 문인)을 하이쿠(俳句)의 대가로 거의 알고 있다. 그가 산자수명한 오지 고향을 찾아 어린 날 꿈에 젖어 마당가 우물로 가서 두레박을 잡으려다 '아차' 하고 주춤했다.

순간 떠오른 시 한 연(聯)인데 자연보호 제 3경으로 삼고 싶다.

—나팔꽃에 두레박 빼앗기고 이웃집에 가서 얻어온 물 한 바가지.

(아사가오야 쓰루베도라레데 모라이미스, あさかおべ つるべとられて もらひみす)

성급하신 독자들은 가늠이 이미 섰을 것이나 굳이 사족을 단다면 초여름에 우물을 만들 때 시멘트통과 바닥에 발라져 굳어진 시멘트 조각들이 낡아 떨어져 내리고 그 사이로 나팔꽃 한 그루가 싹을 틔우고 줄기를 뻗어 도르레에 매달린 두레박을 칭칭 감았기에 두레박을 물속에 넣으려면 2미터 넘게 자란 나팔꽃 줄기에게 끊기거나 찢어지는 아픔을 안겨 줄 것임은 불문가지. 그는 이런 생의 질서를 흐트러짐 없게 하려는 자비심에서 두레박으로 퍼서 마시는 맑은 싱그러움을 참고 이웃집에 가서 얻어 마셨다는 고사(古事)다.

나팔꽃 가지 줄기 찢어내며 두레박으로 퍼 마시는 석간수(石間水)의 싱그러움과 이웃집에 가서 얻어 마시는 싱그러움. 어느 쪽이 더 맑은 싱그러움일까 하고 우리는 따지지 말자.

그의 둘째 연도 진미 무궁하다. 한겨울 고향의 풍치(風致)다.

—미워서 때리는 것은 아니고 오히려 털어내는 정원의 자릿대 나무 위의 눈.

(니구시도데 다다기니아라스 사사노유키, にくしとて たたきにあらす ちちのゆき)

정원 한구석에 서 있는 조릿대(笹), 가는 세대(細竹) 나무 위에 얹힌 눈이 결코 미워서가 아니고 그 무게로 인해 관상용인 이 대나무들이 휘어져 부러질 것 같아 막대기로 때려서 쌓인 눈을 털어 낸다.

결코 마음까지도 하얗게 덮어주는 이 육각형의 눈들이 미워서가 아니라고 소리 없는 글자로 나타낸 그의 무아진경(無我眞景)에 든 그의 선심(禪心)을 우리는 어떻게 받아들여야 할지….

하지만 눈이란 모든 것을 감싸주는 어머니의 품속 같은 이미지는 이번의 저 남쪽 '눈폭탄' 소동으로 완전히 사라졌으나 그래도 막상 내가 이런 극한상황에 맞부닥쳤다면 이런 눈사태 속에서도 한가로이 자연보호 타령만 늘어놓는 호모사피엔스가 될 것인가 하고 자문하고 싶어짐은 나만의 유약(柔弱)함일까?

(2005. 12. 23)

푸드 마일리지와 정크 푸드

바로 얼마 전 귀한 국빈이 방한하였다. 영국 기후 · 에너지 안보특사 N. 모리세티 씨다.

"기후변화는 인류의 생활패턴을 바꿨다. 국경의 안전도 위험에 빠뜨려 핵 위기나 테러만큼 안보에 커다란 위협이다. 지금도 계속 빙하가 사라지고 태풍 같은 자연재해로 해수면이 올라 바다를 낀 신흥공업국 중 인도 같은 나라는 혼란에 빠질 가능성이 높다. 이런 곳에서는 이민도 민주주의도 무역 등 전 분야에서 위기가 발생하고 그 파장은 전 세계로 확산된다. 이런 기후변화의 영향을 인식하지 못하는 지구촌 가족이 많아 유엔기후변화정상회의 같은 국제회의를 통해 온실 가스 배출 규제 같은 합의가 이뤄져도 이를 각국에 강제할 수 없어 회원 국가들을 방문하며 기후변화가 가져올 영향을 최소화하려고 동분서주한다"고 들었다.

'지구온난화! 심각한 문제다', '환경공해', '금세기 인간이 자초한 선물이다.' 이런 말들이 실감난다. 지난 달 초청 받아 간 용인미래포럼이 주최하는 '용인시농축산업의 미래와 식생활개선방안(새로운 먹거리문화 방향제시)' 이란 주제로 포럼이 있었다. 진행되는 세 시간 동안 박사, 교수들에게서 많은 새로운(?) 말을 들었다. '마일리지' 는 주로 비행기를 많이 타면 점수를 따져 주는 여러 가지 혜택인데 식품에도 쓰임을 알게 되었다.

정크 푸드란 말도 들었다. 포럼 내용을 풀이해 본다. 가까운 거리에 있는 먹거리(농산물)를 먹자는 운동으로 바꾸어 말할 수 있겠고 먹거리가 밥상에 오르기까지 생산, 운반, 소비단계에 이르기까지 이산화탄소인 CO_2는 발생한다. 이것이 엘리뇨네, 라니냐란 기후변동을 일으켜 전지구인이 막아야 지구를 살릴 수 있다. 이를 위해 세계는 2008년 5월 '교토의정서' 를 181개국이 모여 온실가스 방출량을 1990년보다 낮은 5.2퍼센트 감소시키기로 했고, 이어 2007년 7월의 동아시아정상회담에서는 중국, 일본, 한국, 인도 및 호주를 포함한 16개국이 기후변화에 관한 '싱가포르선언' 에 서명, 대체연료로 바이오연료를 들먹였고, 저공해기술도 공동 연구키로 목표를 설정하였다. 다시 말한다면 식생활문화 개선을 위하여 저탄소 추방, 녹색혁명운동에 참여하여 잘못된 식생활문화개선을 위한 교육과 농식품산업의 활성화를 도모하면서 환경, 건강, 배려쪽으로도 추진하자는 것이다.

정부도 식생활에 대한 국민적 인식을 높이고 국민의 식생활 개선,

전통식생활문화의 계승, 발전, 농어업 및 식품산업 발전을 도모하고 국민의 삶의 질 향상을 목적으로 한 '식생활교육지원법' 이 2009년 9월에 제정되었고 가정, 학교, 지역, 그 밖의 모든 분야에서 건전한 식생활 구현에 노력하여야 한다고 제4조 국민의 책무도 명시하였으며, 식생활교육학회도 출범 전국 초교생을 대상으로 식생활 교육을 추진하고 있다고 K교수는 말했다.

도농복합도시인 용인시의 경우 자급자족이 가능한가, 생산자와 소비자와의 연계는 원만한가, 생산자의 소득증대는 이루어지고 있나, 이로 인한 인성교육은 기대해도 좋을까, 하는 C박사가 준비한 슬라이드를 통하여 문제를 묻고 해답을 준다. 기름투성이인 인스턴트 패스트푸드인 피자며 프라이드치킨에 햄버거, 핫도그 같은 정크 푸드보다 용인 땅에서 생산되는 먹거리를 사주어 생산자에게 힘을 실어 농가소득을 높여주고 땀흘려가며 벌레잡고 키운 정성에 고마움과 감사함을 느끼게 하면 일석이조로 이게 바로 인성교육이 될 것이 아닌가 하는 생각을 안고 포럼장을 나왔다.

"얘 이거나 먹으렴"하고 건네주는 기름투성이 정크 푸드보다 신선한 야채와 김치로 아침밥을 챙겨주는 엄마는 바로 녹색운동의 기수가 아닐까?

(2010. 12. 17)

흑백불분

지은이 / 최영종
발행인 / 김재엽
펴낸곳 / 한누리미디어
디자인 / 지선숙

121-840, 서울시 마포구 잔다리로 35 서원빌딩 2층
전화 / (02)379-4514, 379-4519
Fax / (02)379-4516
E-mail/hannury2003@hanmail.net

신고번호 / 제300-2006-61호
등록일 / 1993. 11. 4

초판발행일 / 2012년 10월 25일

값 13,000원

※잘못된 책은 바꿔드립니다.
※이 책은 용인예총 창작지원금을 지원받아 출판되었습니다.

ISBN 978-89-7969-432-1 03810